中國小說發展史

U0082220

小說的孕育

從《搜神記》到《史記》，從
秦漢志怪的興起到西漢史
傳的輝煌

作者

石昌渝

目錄

目錄

自序

　　自魯迅《中國小說史略》問世以來，近百年間，這類作品可以說林林總總，其中小說斷代史、類型史居多，小說全史也有，然全史鮮有個人編撰者。集體編撰，集眾人之力，能在短時間裡成書，且能發揮撰稿者各自所長，其優勢是明顯的，但它也有一個與生俱來的弱點：脈絡難以貫通。即便有主編者訂定體例，確定框架，編次章節，各章撰稿人卻都是秉持著自己的觀點和書寫風格，各自立足本章而不大能夠照應前後，全書拼接痕跡在所難免。因此，多年以前我就萌發了一個心願：以一己之力撰寫一部小說全史。

　　古代小說研究，在古代文學研究領域中，比詩文研究要年輕得太多，作為一門學科，從「五四」新文學運動算起，也只有百年的歷史，學術在不斷開拓，未知的空間還很大。就小說文獻而言，今天發現和開發挖掘的就遠非魯迅那個時代可以相比的了。對於小說發展的許多問題和對於小說具體作品的思想藝術，一代人有一代人的看法。史貴實、貴盡，而史實正在不斷產生，每過一秒就多了一秒的歷史，「修史」的工作也會一代接續一代地繼續下去。

　　小說史重寫，並不意味著將舊的推翻重來，而應當是在舊的基礎上修訂、補充，在想法上能夠與時俱進。我認為小說史

自序

不應該是小說作家、作品論的編年,它當然應該論作家、論作品,但它更應該描敘小說歷史發展的進程,揭示小說演變的前因後果,呈現接近歷史真相的立體和動態的圖景。小說是文學的一部分,文學是文化的一部分,文化是社會生活的一部分,小說創作和小說形態的生存及演變,與政治、經濟、思想、宗教等有著千絲萬縷的關係,揭示這種複雜關係洵非易事,但它卻是小說史著作必須承擔的學術使命。小說史既為史,那它的描敘必須求實。經過時間過濾篩選,今天我們尊為經典的作品固然應該放在史敘的顯要地位,然而對那些在今天看來已經黯然失色,可是當年在民間盛傳一時,甚至傳至域外,對漢文化圈產生了較大影響的作品,也不能忽視。史著對歷史的描述大多不可能與當時發生的事實吻合,但我們卻應當努力使自己的描述接近歷史的真相。

以一己之力撰寫小說全史,也許有點自不量力,壓力之大自不必說。從動筆到今天完稿,經歷了二十多個年頭,撰寫工作時斷時續,但從不敢有絲毫懈怠。我堅信獨自撰述,雖然受到個人條件的諸多局限,但至少可以做到個人的小說觀念能夠貫通全書,各章節能夠前後照應,敘事風格能夠統一,全書也許會有疏漏和錯誤,但總歸是一部血脈貫通的作品。現在書稿已成,對此自己也不能完全滿意,但限於自己的學識,再加上年邁力衰,也就只能如此交卷了。

導論

一、小說界說

　　為小說撰史，首先要弄清楚「小說」指的是什麼。「小說」概念，歷來糾纏不清。糾纏不清的原因，是我們總在文字上打轉。「小」和「說」的連用，最早見於《莊子・外物》：「飾小說以干縣令，其於大達亦遠矣。」意思是說裝飾淺識小語以謀取高名，那與明達大智的距離就遙遠了。這裡「小說」還不是文體概念。首先指「小說」為一種文類的是東漢的桓譚和班固。桓譚說：「若其小說家，合叢殘小語，近取譬論，以作短書，治身理家，有可觀之辭。」[01]

　　班固說：「小說家者流，蓋出於稗官。街談巷語，道聽塗說者之所造也。孔子曰：『雖小道，必有可觀者焉，致遠恐泥。』是以君子弗為也，然亦弗滅也。閭里小知者之所及，亦使綴而不忘，如或一言可采，此亦芻蕘狂夫之議也。」[02]

　　兩人說法相近，皆指一種「叢殘小語」，記錄的是街談巷語，「芻蕘狂夫之議」，其中或者含有一些治身理家的小道理。班固說這些「叢殘小語」是由專門收集庶人之言的「稗官」所編

01　《昭明文選》卷三十一江淹雜體詩〈李都尉陵從軍〉注。

02　《漢書・藝文志》。

導論

撰，意在向天子反映民情。這種文類與後世文學類中散文敘事的小說絕不是一回事，但「小說」作為一種文體概念卻成立了，而且影響深遠。後來歷代史傳典志著錄藝文類都有「小說家」，正如清代《四庫全書總目》所說，「其來已久」，並將「小說」分為三派，「敘述雜事」，「記錄異聞」，「綴輯瑣語」。如《西京雜記》、《世說新語》、《唐國史補》、《開元天寶遺事》、《癸辛雜識》、《輟耕錄》等歸在「雜事」類，《山海經》、《穆天子傳》、《漢武故事》、《搜神記》、《夷堅志》等歸在「異聞」類，《博物志》、《述異記》、《酉陽雜俎》等歸在「瑣語」類。《四庫全書總目》認為「小說」應承擔「寓勸戒、廣見聞、資考證」的功能，所謂「猥鄙荒誕，徒亂耳目者」，不合古制，有失雅馴，一概排斥。《四庫全書總目》的「小說」概念，代表了傳統目錄學的觀點，與文學類的「小說」含義相差甚遠。

按照《四庫全書總目》的小說概念，不但白話短篇小說如「三言二拍」之類算不上小說，就連文言的唐代傳奇、《聊齋志異》之類也算不上小說，於是有人認為今天稱之為文學敘事散文的「小說」概念來自於西方。這種看法是知其一，不知其二。殊不知古代，至遲在明代已存在文學敘事散文「小說」的概念，它與傳統目錄學的小說概念並存。明代產生了《三國志演義》、《水滸傳》、《西遊記》、《金瓶梅》四大奇書，產生了「三言」、「二拍」，這些作品，當時人已經稱它們為小說了。清康熙年間，劉

廷璣 [03]《在園雜誌》就說：

> 蓋小說之名雖同，而古今之別則相去天淵。自漢、魏、晉、
> 唐、宋、元、明以來不下數百家，皆文辭典雅，有紀其各代
> 之帝略官制，朝政宮幃，上而天文，下而輿土，人物歲時，
> 禽魚花卉，邊塞外國，釋道神鬼，仙妖怪異，或合或分，或
> 詳或略，或列傳，或行紀，或舉大綱，或陳瑣細，或短章數
> 語，或連篇成帙，用佐正史之未備，統曰歷朝小說。讀之可
> 以索幽隱，考正誤，助詞藻之麗華，資談鋒之銳利，更可以
> 暢行文之奇正，而得敘事之法焉。降而至於「四大奇書」，
> 則專事稗官，取一人一事為主宰，旁及支引，累百卷或數十
> 卷者……近日之小說若《平山冷燕》、《情夢柝》、《風流配》、
> 《春柳鶯》、《玉嬌梨》等類，佳人才子，慕色慕才，已出之
> 非正，猶不至於大傷風俗。若《玉樓春》、《宮花報》，稍近
> 淫佚，與《平妖傳》之野、《封神傳》之幻、《破夢史》之僻，
> 皆堪捧腹，至《燈月圓》、《肉蒲團》、《野史》、《浪史》、《快
> 史》、《媚史》、《河間傳》、《癡婆子傳》，則流毒無盡。更甚
> 而下者，《宜春香質》、《弁而釵》、《龍陽逸史》，悉當斧碎
> 棗梨，遍取已印行世者，盡付祖龍一炬，庶快人心。

　　文中所說「歷朝小說」就是傳統目錄學的「小說」，它與文
學範疇的小說「相去天淵」，足證今天我們要為之撰史的「小說」
的概念，是與「四大奇書」等作品伴生的，絕非舶自西洋。

　　理論源於實踐，有了「四大奇書」宏偉絢麗的巨著，自然就

03　「劉廷璣：《在園雜誌》卷二，中華書局 2005 年版，第 82—85 頁。

會有相應的小說理論。在明清兩代有關小說的理論文字中，我
們大致可歸納出明清時代對於小說的概念大致有三個要點：

第一，小說以愉悅為第一訴求。明代綠天館主人《古今小
說敘》云：「按，按南宋供奉局，有說話人，如今說書之流，其
文必通俗，其作者莫可考。泥馬倦勤，以太上享天下之養，仁
壽清暇，喜閱話本，命內璫日進一帙，當意，則以金錢厚酬。
於是內璫輩廣求先代奇蹟及閭里新聞，倩人敷演進御，以怡天
顏。」且不論太監進御話本一事之有無，重點是在話本供人消遣
這個事實上。凌濛初說他創作《拍案驚奇》是「取古今來雜碎
事可新聽睹、佐談諧者」[04]，後來又作《二刻拍案驚奇》同樣是
「偶戲取古今所聞一二奇局可紀者，演而成說，聊舒胸中磊塊。
非日行之可遠，姑以遊戲為快意耳。」[05]。所謂「新聽睹、佐談
諧」、「以遊戲為快意」，都是強調小說是以娛心為第一要義。明
代戲劇家湯顯祖談到文言的傳奇小說也持同樣觀點，他為傳奇
小說選集《虞初志》作序時說，該書所收作品「以奇僻荒誕，若
滅若沒，可喜可愕之事，讀之使人心開神釋，骨飛眉舞。雖雄
高不如《史》、《漢》，簡澹不如《世說》，而婉孌流麗，洵小說
家之珍珠船也」。[06]

04　即空觀主人（凌濛初）：《拍案驚奇·自序》。

05　即空觀主人：《二刻拍案驚奇·小引》。

06　湯顯祖：《點校虞初志序》，《湯顯祖詩文集》卷五十，上海古籍出版社 1982 年
　　版，第 1482 頁。

第二，出於愉悅的訴求，為滿足讀者的好奇和快心，小說不能不虛構。明代「無礙居士」《警世通言敘》稱，小說「人不必有其事，事不必麗其人」；明代謝肇淛[07]說：「凡為小說及雜劇戲文，須是虛實相半，方為遊戲三昧之筆。亦要情景造極而止，不必問其有無也……近來作小說，稍涉怪誕，人便笑其不經，而新出雜劇，若《浣紗》、《青衫》、《義乳》、《孤兒》等作，必事事考之正史，年月不合，姓字不同，不敢作也，如此則看史傳足矣，何名為戲？」

清代乾隆年間陶家鶴《綠野仙蹤序》則說得更徹底：「世之讀說部者，動日『謊耳謊耳』。彼所謂謊者，固謊矣；彼所謂真者，果能盡書而讀之否？……夫文至於謊到家，雖謊亦不可不讀矣。願善讀說部者，宜急取《水滸》、《金瓶梅》、《綠野仙蹤》三書讀之。彼皆謊到家之文字也。」[08]

小說雖為杜撰，但並非沒有真實性，它的真實性不表現為所寫人和事為生活中實有，而是表現為所虛構的人和事反映著生活邏輯的真實。

第三，既然小說為娛心而虛構，就必須如謝肇淛所說，「亦要情景造極而止」，也就是說，要把假的寫成像是真的，把虛擬的世界描繪得像生活中真實發生的那樣，使人相信，令人感

07　謝肇淛：《五雜組》卷十五「事部三」，上海書店出版社 2001 年版，第 313 頁。

08　陶家鶴：《綠野仙蹤序》，《綠野仙蹤》，人民文學出版社 1987 年排印本「附錄」，第 815 頁。

動。這樣，就必須調動筆墨，該渲染處要渲染，該描摹處要描摹，總之要達到繪聲繪色、惟妙惟肖的境界。如此，一般來說「尺寸短書」便容納不了，且不說長篇章回小說，就是話本小說和文言的傳奇小說，也都不是《搜神記》、《世說新語》式篇幅所能容納得了的。

如果上述概念基本符合歷史事實的話，那麼可以說古代小說的誕生在唐代，以傳奇文為主體的文言敘事作品是小說的最初形態。宋元俗文學興起，由說唱技藝的「說話」書面化而形成的話本和平話，漸漸成長為長篇的章回小說和短篇的話本小說，以「四大奇書」和「三言」為代表，構成小說的主體，並登上文壇與傳統詩文並肩而立。唐前的志怪、志人以及雜史雜傳雖然與小說有歷史淵源，但它們只是小說的孕育形態，還不具有小說文體的內涵。不能依據歷代史志的「小說」概念，把「小說家類」所著錄的作品都視為文學範疇的小說，從而把小說文體的誕生上溯到漢魏甚至先秦。

二、娛樂與教化

小說的產生，遠在詩歌和散文之後。如果說因情感抒發的需要而創造了詩，因資政宣教的需要而創造了文，那麼因娛樂消遣的需要則創造了小說。魯迅說詩歌起源於勞動，小說起源於休息，「人在勞動時，既用歌吟以自娛，借它忘卻勞苦了，

則到休息時，亦必要尋一種事情以消遣閒暇。這種事情，就是彼此談論故事，而這談論故事，正就是小說的起源」[09]。這推測大概距事實不遠。但說故事是口頭的文學，不是書面文學的小說，從口頭到書面的轉化，究竟是怎樣實現的？講故事的傳統可以追溯到上古時代，像清初小說《豆棚閒話》所描寫的鄉村豆棚下講說故事的情形，大概沿演了數千年。口頭故事和書面故事儘管只有一紙之隔，可是從口頭到書面的轉化卻經歷了漫長的歷史歲月。轉化必須條件具備。物質的條件是造紙和印刷，早期的甲骨、絹帛、竹簡不可能去承載供消遣的故事；精神的條件是人們在觀念上接受書面故事也是文的一個部分，傳統觀念認為文章是經國之大業，《文心雕龍》第一篇即為〈原道〉，「聖因文以明道」，「文之為德也大矣」[10]，用文字記錄娛樂性故事，豈不是對經國大業的褻瀆？民間下士或許可以這樣做，但一般看重聲譽的文人卻不屑或者不敢這樣做。而故事要提升到情節的藝術層面，必須要有具備文化修養和文學功底的文人參與。

誠然，唐代以前也有一些文字記錄了口傳故事，但它們絕不是為娛樂而記錄。先秦諸子散文如《莊子》、《孟子》、《荀子》、《韓非子》等都或多或少採擷了口傳故事，這些故事只是被先秦思想家們用來闡明某些哲理。魏晉南北朝有志怪的《搜神記》之

09　魯迅：《中國小說的歷史的變遷》。

10　劉勰：《文心雕龍‧原道》。引自周振甫《文心雕龍注釋》，人民文學出版社 1981 年版，第 1 頁。

類的許多作品，這些作品的宗旨主要在宣揚神道，多為佛教、道教的輔教之書[11]；志人的《世說新語》之類的許多作品是當時為舉薦需要創作的作品，是人倫鑒識的產物，它們所記錄超邁常人的異操獨行，是供士人學習和仿效的，《世說新語》也就成為士人的枕邊書；雜史雜傳中有許多故事，但它們是史傳的支脈，是為補正史之不足而存在的，絕非供人娛樂消遣。

不可否認，唐前的志怪、志人和雜史雜傳都程度不同地含有文學的因素，從敘事傳統來說，它們孕育了小說，或者可以說是「古小說」、「前小說」。從唐前的「古小說」轉化為唐傳奇這個小說的最初形態，其驅動力量就是娛樂。文人遊戲筆墨，拿文字作為遊戲消遣工具，並且成為一種潮流，始於唐代。這並非偶然，唐代是一個開放的、思想多元的時代，儒家的文道觀不再是文壇的主宰力量。詩言志，文以載道，已不是不可違背的金科玉律。白居易的〈江南喜逢蕭九徹，因話長安舊遊，戲贈五十韻〉、白行簡的《天地陰陽交歡大樂賦》等，描寫豔情，其筆墨之放肆，並不下於張鷟的傳奇小說〈遊仙窟〉。就是以重振儒家道統文統為己任的韓愈，受世風薰染，也免不了涉足小說的撰作，因而遭到張籍的批評，引發了一場關於小說是否為「駁雜之說」的爭論。唐代文人用文學消遣已無甚顧忌，是小說誕生的精神條件。

11　詳見湯用彤《漢魏兩晉南北朝佛教史》第十五章，中華書局 1983 年版。

事實上，唐傳奇大多就是士大夫貴族閒談的產物。韋絢說他的《嘉話錄敘》是劉禹錫客廳上閒聊的記錄，「卿相新語，異常夢話，若諧謔、卜祝、童謠、佳句，即席聽之，退而默記，或染翰竹簡，或簪筆書紳」，記錄之目的，「傳之好事以為談柄也」[12]。陳鴻談到他的〈長恨歌傳〉的寫作緣起時說：「元和元年冬十二月，太原白樂天自校書郎尉於盩厔，鴻與琅琊王質夫家於是邑。暇日相攜游仙遊寺，話及此事（指唐玄宗與楊貴妃事），相與感嘆。質夫舉酒於樂天前曰：『夫希代之事，非遇出世之才潤色之，則與時消沒，不聞於世。樂天深於詩，多於情者也，試為歌之，如何？』樂天因為〈長恨歌〉。意者不但感其事，亦欲懲尤物，窒亂階，垂於將來者也。歌既成，使鴻傳焉。」[13]〈長恨歌傳〉得之於遊宴，而〈任氏傳〉則聞之於旅途，「建中二年，既濟自左拾遺於金吳。將軍裴冀，京兆少尹孫成，戶部郎中崔需，右拾遺陸淳皆適居東南，自秦徂吳，水陸同道。時前拾遺朱放因旅遊而隨焉。浮潁涉淮，方舟沿流，晝宴夜話，各征其異說。眾君子聞任氏之事，共深嘆駭，因請既濟傳之，以志異云」[14]。李公佐的〈古岳瀆經〉也聞之於旅途，

12　韋絢：《嘉話錄敘》。轉引自侯忠義編《中國文言小說參考資料》，北京大學出版社1985年版，第254頁。

13　陳鴻：〈長恨歌傳〉。引自汪辟疆校錄《唐人小說》，上海古籍出版社1978年版，第141頁。

14　沈既濟：〈任氏傳〉。引自汪辟疆校錄《唐人小說》，上海古籍出版社1978年版，第58頁。

「貞元丁丑歲，隴西李公佐泛瀟湘、蒼梧。偶遇征南從事弘農楊衡，泊舟古岸，淹留佛寺，江空月浮，征異話奇」，楊衡講述無支祁的故事，幾年以後，李公佐訪太湖包山，於石穴間得古《岳瀆經》殘卷，所記無支祁事蹟與楊衡所述相符，由此寫成〈古岳瀆經〉。[15] 李公佐煞有介事，似乎確有水神無支祁，其實學者一看即知其為虛誇以娛目而已，明代宋濂指它是「造以玩世」[16]，胡應麟也稱之為「唐文士滑稽玩世之文」[17]。唐傳奇得之於閒談，這樣的例子不勝枚舉。

　　曾有一說認為唐傳奇可作行卷，有博取功名之用，傳奇小說由是而興，系根據宋代趙彥衛《雲麓漫鈔》卷八的一段話：「唐之舉人，先藉當世顯人以姓名達之主司，然後以所業投獻。逾數日又投，謂之溫卷。如《幽怪錄》、《傳奇》等皆是也。蓋此等文備眾體，可以見史才、詩筆、議論。」今人程千帆指出趙彥衛的話與現存的關於唐代納卷、行卷制度的文獻所提供的事實不合[18]，不足為據。倒是有證據證明，傳奇小說因其內容虛妄，作為納卷呈獻禮部後反倒壞了科舉的前程。錢易《南部新書》甲卷：「李景讓典貢年，有李復言者，納省卷，有《纂異》

15　李公佐：〈古岳瀆經〉。引自張友鶴選注《唐宋傳奇選》，人民文學出版社1964年版，第55頁。

16　宋濂：《宋學士全集》卷三十八〈刪〈古岳瀆經〉〉。

17　胡應麟：《少室山房筆叢》卷三十二〈四部正訛下〉，上海書店出版社2001年版，第316頁。

18　程千帆：《唐代進士行卷與文學》，上海古籍出版社1980年版。

一部十卷。榜出曰：『事非經濟，動涉虛妄，其所納仰貢院驅使官卻還。』復言因此罷舉。」《纂異》即今傳《續玄怪錄》，李景讓知貢舉為唐文宗開成五年（西元八四〇年）。可見，納卷、行卷的內容應當有關「經濟」（經時濟世），是明道的文字，絕非遊戲筆墨如傳奇小說之類[19]。白話小說晚於文言小說，它是由口頭技藝「說話」轉變而成。「說話」是宋元勾欄瓦肆供娛樂的技藝，從口頭技藝轉變為書面文學的話本和平話，娛樂的宗旨一以貫之。

　　但是，單純娛樂的文字是行之不遠的，現存的早期話本如〈柳耆卿詩酒玩江樓記〉、〈西湖三塔記〉、〈洛陽三怪記〉、〈西山一窟鬼〉、〈孔淑芳雙魚扇墜傳〉等，故事之離奇，足以聳人聽聞，然而僅止於感官而已。馮夢龍就曾批評〈玩江樓〉、〈雙魚墜記〉之類為「鄙俚淺薄，齒牙弗馨焉」[20]。娛樂是小說的原生性功能，娛樂的動力如果失去審美和教化的導向，就會陷於低級惡謔的泥淖。唐傳奇雖然產生於徵奇話異的閒聊之中，但畢竟是在文人圈子裡講傳，灌注著文人的情志，多少蘊含有審美、道德、政治、哲理、宗教等意蘊。唐前志怪寫狐精的很多，唐傳奇〈任氏傳〉也寫狐精，但它卻能化腐朽為神奇，在狐精任氏身上賦予了美好的人情。作者寫任氏對愛情的執著，為

19　詳見傅璿琮《唐代科舉與文學》第十章「進士行卷與納卷」，陝西人民出版社 1986 年版。

20　綠天館主人（馮夢龍）：〈古今小說敘〉。

愛而甘冒生命的風險，是寄託著對現實庸俗習氣的批判的。李公佐寫〈謝小娥傳〉是要傳揚謝小娥這樣一位弱女子身上秉承的貞節俠義的美德，「君子曰：『誓志不舍，復父夫之仇，節也；傭保雜處，不知女人，貞也。女子之行，唯貞與節，能終始全之而已，如小娥，足以儆天下逆道亂常之心，足以觀天下貞夫孝婦之節。』餘備詳前事，發明隱文，暗與冥會，符於人心。知善不錄，非《春秋》之義也，故作傳以旌美之」。

　　白話小說植根於市井娛樂市場，初期的作品大多是「說話」節目的文字化故事而已。從一些僥倖留存下來的作品看，如《紅白蜘蛛》[21]（後被改寫為〈鄭節使立功神臂弓〉，收在《醒世恒言》）、〈攔路虎〉（收在《清平山堂話本》，改作〈楊溫攔路虎傳〉）等，都還是沒有情節的故事。關於故事與情節的區別，英國小說家兼理論家 E · M · 福斯特（Edward Morgan Forster）說：「故事是敘述按時間順序安排的事情。情節也是敘述事情，不過重點是放在因果關係上。『國王死了，後來王后死了』，這是一個故事。『國王死了，後來王后由於悲傷也死了』，這是一段情節。時間順序保持不變，但是因果關係的意識使時間順序意識顯得暗淡了。」[22] 凸顯因果關係，就是作者把故事提升為情節，而情節是蘊含著道德的、審美的、政治的評價的。白話小

21　《紅白蜘蛛》僅存殘頁，詳見黃永年《記元刻〈新編紅白蜘蛛小說〉殘頁》，載《中華文史論叢》1982 年第 1 輯。

22　《小說美學經典三種》，上海文藝出版社 1990 年版，第 271 頁。

說從初期的單一娛樂進步到寓教於樂，經歷了漫長歲月，直到一批重視通俗文學的文人參與，才達到娛樂與教化統一的境界。

《三國志通俗演義》嘉靖本〈庸愚子序〉講到由三國故事提升為情節的過程時說：「前代嘗以野史作為評話，令瞽者演說，其間言辭鄙謬，又失之於野。士君子多厭之。」羅貫中考諸國史，留心損益，作《三國志通俗演義》，「文不甚深，言不甚俗，事紀其實，亦庶幾乎史，蓋欲讀誦者，人人得而知之，若《詩》所謂里巷歌謠之義也」。題名「演義」，就是宣示通過歷史故事演述世間的大道理。傳統社會輿論總是視小說為小道，鄙俗敗壞人心，主張嚴禁，清康熙間劉獻廷卻說，看小說、聽說書是人的天性，六經之教也原本人情，關鍵在於「因其勢而利導之」[23]，也就是寓教於小說，同樣可以擔負起治俗的使命。

娛樂是小說的原生性功能，教化是小說的第二種功能，是建立在娛樂之上的、比娛樂更高級的功能。教化不只是道德的，還包括審美的、智識的等多種元素。沒有教化的娛樂只是一種感官享受，算不上藝術；沒有娛樂功能的教化，那就只是教化，算不上文學。小說中的娛樂和教化是對立統一的，二者相容並蓄，方能達到成熟的藝術境界。

23　劉獻廷：《廣陽雜記》卷二，中華書局 1957 年版，第 107 頁。

三、史家傳統與「說話」傳統

縱觀小說的歷史，不只是娛樂與教化的矛盾制約著小說的運動，同時還有別的矛盾，這其中就有史家傳統和「說話」傳統的矛盾。史家傳統體現在歷朝歷代的豐富的史傳文本中，同時又表現為由史家不斷積累經驗所形成的一種修史的觀念體系。「說話」傳統則是千百年民間徵奇話異、講說故事的文化習俗，這個傳承不斷的習俗也形成自己的一套觀念體系。史傳與「說話」同是敘事，「說話」發生得更早，史傳在文字出現後才逐漸形成。殷商記錄卜祭以及與之相關事情的甲骨文便是史傳的萌芽。在中國古代史官文化的價值觀念中，官修的正史甚至具有法典的權威。「說話」雖然根深蒂固，千百年來牢不可破，頑固地在草根間生長，並發展成文學敘事的小說，但在史傳面前總是自慚形穢，抬不起頭來。史家傳統，簡而言之就是「據事蹟實錄」，他們認為真理就寓居在事實中，王陽明說「以事言，謂之史；以道言，謂之經。事即道，道即事」[24]。《春秋》就被儒家列為「五經」之一。「說話」恰恰輕視事實，只要好聽，怎麼杜撰編造都可以。劉勰談到修史時說：「然俗皆愛奇，莫顧實理。傳聞而欲偉其事，錄遠而欲詳其跡。於是棄同即異，穿鑿傍說，舊史所無，我書則傳。此訛濫之本源，而述遠之巨蠹

24　王陽明：《傳習錄集評》卷上，《王陽明全集》，上海古籍出版社1992年版，第10頁。

也。」[25] 在史家眼裡，不顧事實的虛構是修史的巨蠹。

小說文體恰恰又是從史傳中孕育出來的，志怪、志人、雜史雜傳，都被傳統目錄學家看成是史傳的支流和附庸，事實上唐傳奇作品多以「傳」「記」題名，如〈任氏傳〉、〈柳氏傳〉、〈霍小玉傳〉、〈東城老父傳〉、〈長恨歌傳〉以及〈古鏡記〉、〈枕中記〉、〈三夢記〉、〈離魂記〉等，作家們是用史家敘事筆法來創作的。早期話本來源於「說話」，帶有濃重的說唱痕跡，與史傳敘事距離較遠，可一旦文人參與，史家傳統便滲透進來。

小說的本性是虛構，本與史傳不搭界，但史家傳統實在太強大了，小說不得不謙恭地說自己是「正史之餘」[26]，由是也不得不掩飾自己的虛構。小說開頭一定要交代故事發生的確切時間和地點，一定要交代人物的來歷，說明小說敘述的故事是千真萬確發生過的事情。

史家傳統對白話小說的牽制，突出地表現在歷史演義小說的創作過程中。宋元「說話」四大家數中有「講史」一家，專門講說前代書史文傳興廢爭戰之事，從現存的元刊《三國志平話》來看，虛的多，實的少，情節中充滿了於史無稽的民間傳說，與歷史相去十萬八千里。但它是小說，不是史傳，市井草民喜聞樂見，故坊賈願意刊刻印行。但君子卻認為它言辭鄙謬，又

25　劉勰：《文心雕龍·史傳》。引自周振甫《文心雕龍注釋》，人民文學出版社 1981年版，第 171—172 頁。

26　笑花主人：〈今古奇觀序〉。

失之於野，於是就有羅貫中據《通鑒綱目》等正史予以匡正，寫成《三國志通俗演義》。羅貫中稔熟三國歷史，又有深邃的識見和文學的功底，使得《三國志通俗演義》虛實莫辨，清代史學家章學誠仔細考辨，結論是「七分實事，三分虛構」。這是歷史演義小說最成功的範例。繼之而起的林林總總的「按鑒演義」，大都是抄錄史書，摻雜少許民間傳說作為調味作料，正如今人孫楷第所言，「小儒沾沾，則頗泥史實，自矜博雅，恥為市言。然所閱者至多不過朱子《綱目》，鉤稽史書，既無其學力；演義生發，又愧此槃才。其結果為非史抄，非小說，非文學，非考定」[27]。包括《三國志通俗演義》在內的歷史演義小說，本質是小說，不能動輒以史實來挑剔它，「按鑒演義」的編撰者正是受史家傳統的制約，才造成它如此曖昧的面孔。

　　小說家從史家傳統中掙扎出來很不容易，明代中期以來，就有不少小說作者和批評者進行抗爭，謝肇淛說小說「須是虛實相半，方為遊戲三昧之筆」，《說岳全傳》的作者金豐也主張小說「虛實相半」，「從來創說者不宜盡出於虛，而亦不必盡由於實。苟事事皆虛則過於誕妄，而無以服考古之心；事事皆實則失於平庸，而無以動一時之聽」[28]。如果說「虛實相半」還是在史家傳統面前遮遮掩掩，猶抱琵琶半遮面，那麼清代乾隆年

27　孫楷第：《日本東京所見小說書目》卷三〈明清部二〉，人民文學出版社 1958 年版，第 38 頁。

28　金豐：〈新鐫精忠演義說本岳王全傳序〉。

間為《綠野仙蹤》作序的陶家鶴就乾脆直白得多了，說《綠野仙蹤》與《水滸傳》、《金瓶梅》都是「謊到家之文字」。曹雪芹徑直稱自己的《紅樓夢》是「真事隱去」、「假語村言」，所敘述的故事無朝代可考，「滿紙荒唐言」而已。「史統散而小說興。」[29]當小說完全克服了對史家傳統的敬畏和依附時，小說才得到創作的解放，才真正找回了自我。

四、雅與俗

雅和俗是一種文化現象。雅文化是社會上層文化，孔子《論語‧述而》說：「《詩》、《書》執禮，皆雅言也。」雅言，既指文化內容，又指語言外殼。古代合於經義的叫雅，雅馴篤實的叫雅；語言和風格方面，含蓄穩重的叫雅，語言精緻，也就是有別於地方方言的士大夫的標準語，或可稱當時的國語叫雅。與雅相對，俗文化是屬於下層民眾的文化，其內容不盡符合《詩》、《書》禮教的規矩繩墨，語言和風格方面，詭譎輕佻的為俗，方言俚語為俗。雅和俗既對立，又統一在一個民族文化中。中華文化中雅俗文化沒有斷然的分界，雅既從俗中提煉出來，又承擔著正俗化俗的使命。

任何一個民族的文學形式都有雅俗的分野，中國文學中的傳統詩文屬於雅文學，小說、戲曲、民歌、彈詞寶卷屬於俗文

29　綠天館主人（馮夢龍）：〈古今小說敘〉。

學。文學的雅俗是相對而存在的，一種文學形式的內部也有雅俗之分。文言小說作為小說，相對傳統詩文是俗，這是由於它的駁雜荒誕；但在小說內部，它相對白話小說卻又是雅。小說內部的雅和俗的對立統一，是小說發展的又一個重要的因素。

唐代傳奇小說是士人寫給士人讀的文學，它產生和活躍在雅文化圈內。在儒家道統鬆弛的年代，它可以汪洋恣肆、百無禁忌，創造出一大批想像豐富、情感動人的作品。道統一旦得以重振，它就要受到「不雅」的指責。張籍批評韓愈的〈毛穎傳〉「駁雜無實」，而「駁雜無實」就是俗的代名詞。司馬遷《史記·五帝本紀》中說「百家言黃帝，其言不雅馴」，不雅馴即指荒誕無稽。張籍的批評代表了唐代中後期的主流思潮的觀點，這種觀點占了社會輿論的上風，唐傳奇就要衰退了。事實也是單篇的傳奇小說銳減，小說又復古到魏晉南北朝，尚質黜華，出現了像《酉陽雜俎》這樣的作品集，其中不少文章已失去傳奇小說的風味。傳奇小說蒙上不雅的俗名，士人便疏遠它，它便漸漸走出雅文化圈子，下移到「俚儒野老」的社會層級。明代胡應麟說：「小說，唐人以前，紀述多虛，而藻繪可觀。宋人以後，論次多實，而彩豔殊乏。蓋唐以前出文人才士之手，而宋以後率俚儒野老之談故也。」[30]

30　胡應麟：《少室山房筆叢》卷二十九〈九流緒論下〉，上海書店出版社 2001 年版，第 283 頁。

胡應麟所謂的「小說」，包括一志怪、二傳奇、三雜錄、四
叢談、五辨訂、六箴規，他這段文字所指「小說」，是「志怪」
「傳奇」兩類記述事蹟文字，說宋以後小說作者大多出自「俚儒
野老之談」，反映了歷史事實，但說宋人小說「多實」則不盡貼
切。宋人志怪模仿晉宋，據傳聞實錄，文字趨於簡古是客觀存
在，但宋人傳奇多以歷史故事為題，如〈綠珠傳〉、〈迷樓記〉
之類，虛構多多，文字亦鋪張，只是藻繪確實遠遠不及唐傳
奇。元以降，至明代中後期，出現了一大批如《嬌紅記》、《尋
芳雅集》、《鍾情麗集》之類的作品，高儒《百川書志》卷六著錄
它們的時候，特加評語說：「皆本〈鶯鶯傳〉而作，語帶煙花，
氣含脂粉，鑿穴穿牆之期，越禮傷身之事，不為莊人所取，但
備一體，為解睡之具耳。」[31]

　　「越禮」當然是不雅，「不為莊人所取」則是口頭上的，拿它
做「解睡之具」透露著「莊人」之所真好。還是胡應麟說得直白：
「大雅君子，心知其妄，而口競傳之，且斥其非而暮引用之，猶
之淫聲麗色，惡之而弗能弗好也。夫好者彌多，傳者彌眾；傳
者日眾，則作者日繁。夫何怪焉？」[32]

　　這類半文半白、篇幅已拉得很長的傳奇小說繼續走著俗化
的道路，到清初它們乾脆放棄文言，使用白話，並且採取章回

31　高儒：《百川書志》，上海古籍出版社 2005 年版，第 90 頁。

32　胡應麟：《少室山房筆叢》卷二十九〈九流緒論下〉，上海書店出版社 2001 年版，
　　第 282 頁。

的形式，便成為才子佳人小說。若不是《聊齋志異》重振唐傳奇雄風，傳奇小說果真要壽終正寢了。

如果說傳奇小說是從雅到俗，那麼白話小說的運動路向恰好相反，是從俗到雅。白話小說從「說話」脫胎而來，長期處於稚拙俚俗的狀態，它們帶著濃厚的草根氣息，粗拙卻又鮮活，不論是「講史」如《三國志平話》，還是「小說」如《六十家小說》（現名《清平山堂話本》），都難以登上大雅之堂。

由俗到雅的變化的發生，與王陽明「心學」的崛起有著直接的關係。王陽明認為人人皆可成聖賢，他的布道講學是面向民眾的，要讓不多識字或根本不識字的草民懂得他的道理，就不能不用通俗的方式講說。他說：「你們拿一個聖人去與人講學，人見聖人來，都怕走了，如何講得行？須做得個愚夫愚婦，方可與人講學。」[33] 他雖沒有談到通俗小說，但講到戲曲就可以用來化民善俗，他說：「今要民俗反樸還淳，取今之戲子，將妖淫詞調俱去了，只取忠臣孝子故事，使愚俗百姓人人易曉，無意中感激他良知起來，卻於風化有益。」[34]

從來的莊人雅士對於俗文學都是鄙夷不屑的，至少在口頭上如此。王陽明如此說而且如此做，目的當然是要把儒學從書本章句中推向民間的人倫日用，與佛、道爭奪廣大的信徒，但

---

33 《王陽明全集》，上海古籍出版社 1992 年版，第 116 頁。

34 《王陽明全集》，上海古籍出版社 1992 年版，第 113 頁。

他利用通俗的形式來傳道，卻為文士參與小說創作開了綠燈。白話小說的作者在很長時間裡都是不見經傳的無名氏，從這時開始出現有姓名可考的大文人，如吳承恩、馮夢龍、凌濛初、李漁、吳敬梓、曹雪芹等。

文人的參與，使俗而又俗的白話小說有可能改變娛樂唯一的宗旨，從而具有了雅的品質。李漁認為俗可寓雅，「能於淺處見才，方是文章高手」[35]。煙水散人說：「論者猶謂俚談瑣語，文不雅馴，鑿空架奇，事無確據。嗚呼，則亦未知斯編實有針世砭俗之意矣。」[36] 小說既然可以肩負「針世砭俗」的使命，自然就不能用一個「俗」字罵倒它。羅浮居士〈蜃樓志序〉指出，小說雖有別於「大言」，但小說寫「家人父子日用飲食往來酬酢之細故」，卻可以「准乎天理國法人情以立言」，「說雖小乎，即謂之大言炎炎也可」。白話小說俗中有雅，是白話小說藝術成熟的重要標誌。

雅俗共存的典範作品莫過於《聊齋志異》和《紅樓夢》。馮鎮巒評《聊齋志異》說：「以傳記體敘小說之事，仿《史》、《漢》遺法，一書兼二體，弊實有之，然非此精神不出，所以通人之，俗人亦愛之，竟傳矣。」[37]

---

35 李漁：《閒情偶寄‧詞曲部》。引自《中國古典戲曲論著集成》（七），中國戲劇出版社 1959 年版，第 28 頁。

36 煙水散人：〈珍珠舶序〉。轉引自大連圖書館參考部編《明清小說序跋選》，春風文藝出版社 1983 年版，第 45 頁。

37 張友鶴輯校：《聊齋志異》會校會注會評本，上海古籍出版社 1978 年新 1 版，第 15 頁。

　　諸聯評《紅樓夢》說：「自古言情者，無過《西廂》。然《西廂》只兩人事，組織歡愁，摛詞易工。若《石頭記》，則人甚多，事甚雜，乃以家常之說話，抒各種之性情，俾雅俗共賞，較《西廂》為更勝。」[38]《聊齋志異》和《紅樓夢》能夠成為小說的經典之作，除了蒲松齡和曹雪芹的主觀因素和他們所處的時代條件之外，雅與俗的碰撞與融合也是重要的一點。

38　一粟編：《紅樓夢卷》，中華書局 1963 年版，第 118 頁。

第一章
秦漢志怪的興起

第一章　秦漢志怪的興起

第一節　巫覡方士與神仙志怪的發生

「志」、「怪」二字的連用最早見於《莊子・逍遙遊》，其文曰：「齊諧者，志怪者也。諧之言曰：鵬之徙於南冥也，水擊三千里，摶扶搖而上者九萬里，去以六月息者也。」[01]

「齊諧」是人名，姓齊名諧。「志怪」不是一個詞，是一個動賓片語，「記錄怪異」的意思，既不是書名，更不是文體類型的概念。六朝孔約、祖臺之、曹毗、許氏、于氏、殖氏等人都撰有題為「志怪」的書，這時「志怪」成為書名。唐代段成式《酉陽雜俎》序中有「志怪小說之書」之說，第一次將「志怪」與「小說」連用，雖未明確把「志怪」納入「小說家」類，但對「志怪」性質的認知已發生了重要變化。

此前的目錄學家並不承認「志怪」屬於「小說」。東漢班固編撰《漢書》，其《藝文志》著錄小說十五家，唯《虞初周說》或可與「志怪」沾上一點邊。虞初是漢武帝時的著名方士，推測他的著作與方術有關或者有些怪異的記載。〈西京賦〉薛綜注稱此書記「醫巫厭祝之術」，應該主要是卜筮、祭祀、占夢、厭劾、祛病之類，不是記敘文字，涉於神怪的雖然也有，但也不是全書的主要內容。說《虞初周說》是志怪小說的濫觴，其實根據不足。明人胡應麟說：「漢《藝文志》所謂小說，雖曰街談巷

01　陳鼓應注譯：《莊子今注今譯》，中華書局 1983 年版，第 3 頁。

語，實與後世博物、志怪等書迥別，蓋亦雜家者流，稍錯以事耳。」[02]

這個判斷近於事實。《隋書·經籍志》「小說家」類著錄作品二十五種，漢魏六朝志怪書均不在列，顯然是襲用《漢書》的文類標準。唐代劉知幾（西元六六一年至西元七二一年）要早於段成式一百多年，他的《史通》將「小說」分為十類，十類中沒有「志怪」。可見段成式將志怪與「小說」連在一起，的確是一個歷史性的變化。宋代歐陽脩等撰《新唐書》，其《藝文志》「小說家」類第一次把《搜神記》等志怪書收納在內，代表「志怪」被目錄學家正式承認為「小說」。

志怪是秦漢巫風和方術的產物。

遠古時代由於生產力低下，人類對於自然界、社會以及人類自身的認識還處於蒙昧狀態，原始人類面對寥廓的宇宙和形態萬千的山川物種以及不可抗拒的自然力（諸如洪水、乾旱、雷電、地震、疫病等），面對部族的起源、部族之間的衝突殺戮，面對生死、夢幻種種生命生理現象，均不能給予科學的解釋，只能求助於幻想。神話因此而產生，各種迷信亦隨之蔓延。那時能夠解說天地人事變化的人，儘管其解釋完全是幻妄無稽的，必定在部族中享有至高無上的權威，這種人就是巫

02　胡應麟：《少室山房筆叢》卷二十九〈九流緒論〉，上海書店出版社 2001 年版，第 280 頁。

第一章　秦漢志怪的興起

師。巫師憑藉自己的靈性（或是想像）向部族的人們傳達上天神靈的意旨，由此來領導和主持部族的生產和分配，處理內部糾紛和對外戰爭，他們其實就是部族的首領。傳說中的夏禹、商湯都有濃厚的巫師色彩。隨著生產力的發展和社會的進步，政治和巫術逐漸分離。國家政治、軍事、經濟等事務由君主掌控，巫覡只管宗教事務。巫覡雖不再理政，但對君主的施政仍有很大的影響力。商代迷信鬼神，一切重大事務的決策，必先諮詢鬼神，而與鬼神溝通的就是巫覡。殷墟出土的甲骨卜辭證明了這個事實。周朝較商朝進步，但迷信鬼神這一點還在繼續，周文王不是巫師，但傳說他擅長巫覡的占卜之術。春秋戰國時代，朝廷中的巫師仍有很大的權勢，《左傳》對巫覡的活動多有記載。巫術的世界觀和方法論本是物我一體的原始思維的展現，它對現象世界的認知也都源於民間，民間的各種神話傳說是它的重要資源，巫書中保留有神話傳說是必然的。早期的巫書已不可見，僅《山海經》留傳下來，雖然經過漢代人的修訂，但基本上可以認定是出自戰國巫覡之手。當然，遠古神話與傳說，也就是初期志怪，並不完全存在於巫書中，先秦諸多典籍都或多或少有所記錄，但巫書集中記敘了各種神鬼怪異，卻是不爭的事實。所以才有人說《山海經》是志怪之祖。

戰國末期神仙之說興盛，巫覡中的一支轉而信奉神仙，鼓吹長生不老的登仙之術，這些人與傳統的巫覡不同，他們被稱

作方士。神仙之說起源很早，據聞一多《神仙考》載，它萌生在古代西部，即今甘肅、新疆一帶的羌族。《呂氏春秋‧義賞》記曰：「氐羌之民，其虜也，不憂其係纍，而憂其死不焚也。」[03]

古代羌民作戰被俘後，不怕被囚禁，只怕死後不能火葬。為什麼？因為他們認為，死後焚燒了身體，靈魂才能飛升上天。《墨子》亦有相同之說，謂「秦之西，有儀渠之國者，其親戚死，聚柴薪而焚之，燻上，謂之登遐」。[04]

儀渠在秦西，氐羌之屬地。《漢書‧郊祀志》云：「世有仙人登遐。」可知「登遐」即升天之意。升天的靈魂就是「仙」。古代羌人相信飛升的靈魂居住在崑崙山上，升天也就是升山。《山海經》記載西邊之天山即崑崙山曰：「又西三百五十里曰天山……有神焉，其狀如黃囊，赤如丹火，六足四翼，渾敦無面目，是識歌舞，實惟帝江也。」[05]

後世《列仙傳》稱赤松子能「入火自燒，至崑崙山上，常止西王母石室，隨風雨上下」[06] 與《山海經》之說顯有關連，很可能是該說的進一步演繹。「赤如丹火」、「入火自燒」，都活動

03　《呂氏春秋》卷十四〈孝行覽第二‧義賞〉，《諸子集成》第六冊《呂氏春秋》，上海書店出版社 1986 年版，第 146 頁。

04　《墨子》卷六〈節葬第二十五〉，《諸子集成》第四冊《墨子閑詁》，上海書店出版社 1986 年版，第 116 頁。

05　《山海經》卷二〈西山經〉，袁珂：《山海經校譯》，上海古籍出版社 1985 年版，第 32 頁。

06　引自《初學記》卷二十三〈仙第二〉，中華書局 2004 年第 2 版，第 550 頁。

第一章　秦漢志怪的興起

在崑崙山上，可見羌人火葬具有深刻的文化內涵。人的軀體焚盡，靈魂便可昇華，烈火中永生也。

武王伐紂，羌族首領太公有功，受封於呂，羌族一支隨太公從西土東徙，後來太公之子丁公平蒲姑有功，又率一部分子姓受封於營邱，這就是齊國。東遷至山東濱海地區的羌人與中原諸夏文化發生碰撞並融合，接受了諸夏民族土葬禮俗和不死觀念的影響，他們雖然放棄了火葬，但神仙信仰仍然牢固地承傳下來。靈魂在古人的想像中一定是像風像煙一樣的東西，它可以飄飛遊蕩，火葬讓靈肉分離，讓靈魂從肉體中解放出來獲得自由，而土葬的觀念是靈肉合一，讓附著靈魂的肉體飛上天國。這種觀念進一步推衍，人活著的時候，讓身體清虛，不也可以飛升上天？於是就有了方士的修道求仙之說。方士指出，人有重濁之氣，飛不上天，這重濁之氣是因為吃五穀雜糧，要除去它，必須辟穀服氣，或者找到長生仙藥。神仙之說後來被方士不斷豐富、發展和系統化。

一般認為神仙之說產生在齊燕之地，該地區臨海，海市蜃樓的奇異景觀引發人們對未知神祕世界的想像和追求。這不是沒有道理的。但追根求源，神仙觀念的發端還在西方羌人。羌人一部分遷徙至齊地，帶來了原始的神仙崇拜。崑崙山上的仙境，海市蜃樓顯現的海外仙山，逐漸形成先秦仙話的兩大系統。顧炎武曾考證，說仙話「起於周末」，「《左氏》、《國語》

未有封禪之文，是三代以上無仙論也」[07]。顧炎武以「封禪」作為「仙論」成立的標誌，自有他的道理，「封禪」意味著主流意識對仙論的確認，代表仙論成為當時的主要信仰，但這與此前民間早有神仙傳說和信仰的事實並不牴觸。神仙之說從民間走向廟堂，從散碎模糊的傳說整合為系統化的準宗教理論，方士的歷史作用是十分關鍵的。

　　方士從巫覡演變並分離出來，他們繼承了巫術的知識和智慧並發揚光大。隨著社會的進步，巫覡漸次失去了頭上神聖的光環，從事奉祀天帝鬼神並兼事占卜星曆之術者只是少數高級巫師，大多數巫覡散布在民間，擔負著喪禮、禳災、祛病等社會職能，他們注重實用性，無意去探究生死之類形而上的問題，其宗教色彩反而較之早期更淡薄了。由於巫覡們巫術的目的太具體，事實上很難達成人們所許之願，很容易被戳破謊言。《史記》之〈滑稽列傳〉所寫西門豹治鄴就是一個典型的例子。巫嫗平息水患，宣稱必須幫水神河伯娶婦，老百姓出錢不說，還要挑選民間少女投入河中，嫁給水神做妻子。西門豹蒞任鄴令，察之此俗為民所苦，略施小計，將巫嫗投入河中，說是派她去詢問水神。他一方面揭露了巫嫗的騙術，另一方面大興水利，造福了當地百姓。[08]

07　顧炎武：《日知錄》卷三十〈泰山治鬼〉，《日知錄集釋》，嶽麓書社 1994 年版，第 1079 頁。

08　詳見《史記》卷一二六〈滑稽列傳〉，《史記》第十冊，中華書局 1959 年版，第

第一章　秦漢志怪的興起

　　漢代文獻中揭露巫覡騙術的記載不只此一例，說明巫術在當時人們心中的神聖崇高地位已發生動搖。俗話說，小謊容易露餡，大謊卻容易讓人受騙。方士轉向人的生死問題，他們許諾的是難以兌現也難以檢驗的身後之事，專門出售登仙的入場券。登仙和長生都不是一時可以應驗的，而對死亡的恐懼和對長生的欲求幾乎人皆有之，方士成仙長生之說正迎合了這種想法，它超越了一般巫術，獲得了包括帝王在內的廣大信眾。

　　方術的內容相當豐富，其要旨是長生。它在理論上吸收了以往各種神祕主義文化資源，將老莊哲學、陰陽五行思想、讖緯理論等熔於一爐，為日後道教的宗教哲學作準備。為建立自己的神仙系統，他們吸納了以往的神話和傳說並加以整理改造，這種宗教意識的造神運動，為日後道教的神仙譜系繪製了藍圖。

　　歷史記載，戰國時代方士十分活躍。齊威王、齊宣王時，燕人宋毋忌、正伯僑、充尚、羨門高「為方仙道，形解銷化，依於鬼神之事」[09]，所謂「形解銷化」，就是「屍解」，謂靈魂離開軀體升天。齊威王、齊宣王、燕昭王都曾遣使入海尋找蓬萊、方丈、瀛洲仙山，訪求仙人及不死之藥。事實當然是「煙波浩渺信難求」。秦始皇長生之欲望更是熾烈，他在統一天下的

3211—3213 頁。

09　《史記》卷二十八〈封禪書〉，《史記》第四冊，中華書局 1959 年版，第 1368—1369 頁。

第三年即秦始皇二十八年（西元前二一九年）「遣徐市（福）
發童男女數千人，入海求仙人」[10]。秦始皇三十二年（西元前
二一五年），「始皇之碣石，使燕人盧生求羨門、高誓」[11]，
「羨門」、「高誓」是傳說中的仙人。此年又「使韓終、侯公、
石生求仙人不死之藥」[12]。此後漢武帝對神仙的迷信也不亞於
秦始皇，他寵信的方士有李少君、謬忌、少翁、欒大、公孫卿
等，只要方士開出求仙、求不死之藥的條件，祠社也好，煉金
也好，樓臺也好，封禪巡遊也好，無不遵從照辦。即便如此虔
誠，漢武帝終其一生還是沒有見到神仙，也沒有求得不死之
藥，他中間多次發現被愚弄，憤而誅殺了少翁、欒大，然而對
神仙的信仰卻未有懈怠和動搖。欒大這樣的方士，得皇帝信任
之時，數月間便可拜為將軍，封為列侯，縱然一死，也算享盡
人間的榮華富貴。所以方士們仍勇於以成仙相許，前仆後繼自
薦於朝廷，如司馬遷所說：「而海上燕齊之閒，莫不搤捥而自言
有禁方，能神僊（仙）矣」[13]。

　　方士鼓吹人活著只要找到神仙和不死之藥就可以成仙，不
必「形解銷化」。這對於養尊處優的貴族和至尊至上的帝王，當
然具有難以抗拒的誘惑力。過去的神仙說是說人死之後「形解

10　《史記》卷六〈秦始皇本紀〉，《史記》第一冊，中華書局 1959 年版，第 247 頁。
11　《史記》卷六〈秦始皇本紀〉，《史記》第一冊，中華書局 1959 年版，第 251 頁。
12　《史記》卷六〈秦始皇本紀〉，《史記》第一冊，中華書局 1959 年版，第 252 頁。
13　《史記》卷二十八〈封禪書〉，《史記》第四冊，中華書局 1959 年版，第 1391 頁。

銷化」，它許諾死後成仙，但死亡對於活人來說，總有一種難以言狀的不安和恐懼，肉身成仙的許諾儘管難以兌現，人們還是願意相信它。肉身成仙之說雖然虛幻，但在古代精神史上卻是一個重大發展。它填平了人和仙之間的鴻溝，使人與仙具有了某種同一性，人可以神仙化，神仙也就人化了。當初傳說的神，要麼沒有具體形貌，如《莊子》描繪的「真人」、「至人」、「神人」，他們入水不濡，入火不熱，不食五穀，吸風飲露，乘雲氣、御飛龍而遨遊四海之外，但沒有具象，似乎只是一種絕對自由的精神；要麼有具體形貌，則形貌在獸與人之間，例如《山海經》描繪的西王母，「其狀如人，豹尾虎齒而善嘯，蓬髮戴勝」[14]。

神仙人化，首先表現在形象的人化，他們的長相與人類無異，生活場所也是集人間亭臺樓閣之大成，並且飲食男女及娛樂需求與塵世的凡人沒有什麼不同，只是他們極其高雅閒適，逍遙自在且長生不老。神仙生活在彼岸，他們的形貌性情和生活方式與凡人並無二致，被賦予了人文內涵，這為文學色彩的各種仙話提供了想像的平臺和建構故事情節的必要元素。兩漢是神仙故事的發軔期，這些仙話雖植根在民間，但經過方士的收集、整理、加工，成為方術的一個部分，具有準宗教的性質。

---

14 《山海經》卷二〈西山經〉，袁珂：《山海經校譯》，上海古籍出版社 1985 年版，第31 頁。

《山海經》是最早的代表作，兩漢的作品則有《列仙傳》、《神異經》、《十洲記》、《洞冥記》等。

第二節　志怪之祖 ── 《山海經》

　　《山海經》是中國最早一部記載異禽、詭獸、鬼蜮和靈祇的專書。文獻中最早提到《山海經》的是西漢司馬遷的《史記》。《史記·大宛列傳》曰：「至《禹本紀》、《山海經》所有怪物，余不敢言之也。」[15]

　　司馬遷是一位嚴謹的史學家，他對西域諸國的描述主要依據張騫出使西域的親歷經驗，不敢信從《禹本紀》和《山海經》的記載。

　　司馬遷見到的《山海經》是何版本，現已不可確知。西漢末劉歆校定《山海經》，作〈上《山海經》表〉，稱他依據的底本為三十二篇，校後定本為十八篇，還列敘了作者、成因和編校緣起。全文如下：

> 侍中奉車都尉光祿大夫臣秀領校、祕書言校、祕書太常屬臣望所校《山海經》凡三十二篇，今定為一十八篇，已定。《山海經》者，出於唐虞之際。昔洪水洋溢，漫衍中國，民人失據，崎嶇於丘陵，巢於樹木。鯀既無功，而帝堯使禹繼之。禹乘四載，隨山刊木，定高山大川。益與伯翳主驅禽獸，

15　《史記》卷一二三〈大宛列傳〉，《史記》第十冊，中華書局 1959 年版，第 3179 頁。

命山川，類草木，別水土。四嶽佐之，以周四方，逮人跡之
所希至，及舟輿之所罕到。內別五方之山，外分八方之海，
紀其珍寶奇物，異方之所生，水土草木禽獸昆蟲麟鳳之所
止，禎祥之所隱，及四海之外，絕域之國，殊類之人。禹別
九州，任土作貢；而益等類物善惡，著《山海經》。皆聖賢
之遺事，古文之著明者也。其事質明有信。孝武皇帝時嘗有
獻異鳥者，食之百物，所不肯食。東方朔見之，言其鳥名，
又言其所當食，如朔言。問朔何以知之，即《山海經》所出
也。孝宣帝時，擊磻石於上郡，陷得石室，其中有反縛盜械
人。時臣秀父向為諫議大夫，言此貳負之臣也。詔問何以知
之，亦以《山海經》對。其文曰：「貳負殺窫窳，帝乃梏之
疏屬之山，桎其右足，反縛兩手。」上大驚。朝士由是多奇
《山海經》者，文學大儒皆讀學，以為奇可以考禎祥變怪之
物，見遠國異人之謠俗。故《易》曰：「言天下之至賾而不
可亂也。」博物之君子，其可不惑焉。臣秀昧死謹上。[16]

劉秀（約西元前五三至西元前二三年），字子駿，原名劉
歆，沛（今江蘇沛縣）人。劉向之子。劉向、劉秀父子校定古書
甚多，其整理古籍的理論與實踐奠定了古代目錄學的基礎。但
劉秀此文，《四庫全書總目》「疑為贗托」[17]，根據是此文說《山
海經》校定本十八篇，與《漢書‧藝文志》所記十三篇不合。今
人袁珂考辨其文，認為篇數不同是類分的差異，不足以判定為

16　轉引自侯忠義編《中國文言小說參考資料》，北京大學出版社 1985 年版，第 49 頁。
17　《四庫全書總目》卷一四一〈子部‧小說家類三〉，中華書局 1965 年版，第 1205 頁。

「贗托」[18]。

不論此文是否為劉秀所作，它說《山海經》成書在夏禹時代，作者是「益與伯翳」，卻經不起歷史的檢驗，完全是採自傳說。事實是「益」和「伯翳」是一個人，而不是兩個人，他是舜的輔臣。《孟子・滕文公上》講堯的時代洪水氾濫，草木叢生，鳥獸繁殖，五穀不熟，百姓生存極度困難，堯於是起用舜來治理天下，「舜使益掌火，益烈山澤而焚之，禽獸逃匿」。《尚書・舜典》云：「帝（舜）曰：『疇若予上下草木鳥獸？』僉曰：『益哉！』」也就是說，舜使益治理「上下草木鳥獸」。《史記・秦本紀》說大費「佐舜調馴鳥獸，鳥獸多馴服，是為柏（伯）翳」，司馬貞「索隱」曰：「伯翳與伯益是一人不疑。」[19]

可見古代傳說中，益（伯翳）受命於舜，是輔佐禹治理水患和馴養禽獸的能臣，後世諸多典籍都稱他「知禽獸」、「綜聲於鳥語」。《山海經》記載名山大澤和奇鳥怪獸，人們於是把《山海經》與益（伯翳）連繫起來，說他是《山海經》的作者。劉秀認定益（伯翳）是《山海經》的作者，坐實傳說，對後世影響很大，東漢至魏晉南北朝，幾乎成為不刊之論。此說之謬誤，今天看來簡直不堪一駁。《山海經》文本所記之名物、習俗，有些具有明顯的時代特徵，其成書最早也早不過戰國初年，雖然其

18　詳見袁珂《神話論文集》之〈《山海經》寫作的時地及篇目考〉，上海古籍出版社1982 年版，第 21—24 頁。

19　《史記》第一冊卷五，中華書局 1959 年版，第 173 頁。

中累積著戰國之前人們對自然世界的認識。它的成書有漫長的累積過程，全書以地理方位為綱，記八荒之事以及相關的祭祀之法，顯然是巫覡編撰的，為巫覡所用的百科全書。

《山海經》今存本十八卷，可分為五個部分：〈五藏山經〉五卷、〈海外經〉四卷、〈海內經〉四卷、〈大荒經〉四卷、又〈海內經〉一卷。今存本十八卷並非劉秀校定的「十八篇」。劉秀校定本到東晉時幾已湮泯，郭璞鉤沉輯佚，方刊成今存本規模的《山海經》。

巫覡，如前所述，是上古時代講述世界、解釋萬物變化和預卜未來吉凶的權威，《山海經》記錄了他們對萬物的認識。〈五藏山經〉南、西、北、東、中，記海內地理空間；《海外經》南、西、北、東，記海外世界；〈海內經〉以及〈大荒經〉、又〈海內經〉一卷，同樣也是對海內外世界的描述。其中〈五藏山經〉記載今晉南、陝中、豫西地區的山嶽形勢最接近事實。[20]

戰國時代車船靠畜力和人力驅動，交通設施和通信工具皆較原始，《山海經》表現出來的地理知識，應該說已相當了不起。不過，《山海經》編撰者的關注點僅在地理形貌，並沒有像〈天問〉那樣有追問為什麼的興趣，這個所以然的問題，如該書所說，「唯聖人能通其道」（《山海經》卷六〈海外南經〉），

20　詳見譚其驤《〈五藏山經〉的地域範圍提要》，載《山海經新探》，四川省社會科學院出版社 1986 年版。

巫覡不是聖人，自然不承擔宣示其奧祕的使命。他的宗旨是祭祀。他所在意的是與民生有直接關係而又為一般人所未知的事物，諸如礦藏 —— 鑄造農具、兵器的銅、鐵，用於祭祀的玉石，與疾病、禎祥災禍有關的草木禽獸等，至於五穀雜糧、狗馬牛羊等家畜以及常見飛禽均不在記載之列。總之，它的種種記載都是要歸向各方山川神靈以及祭祀之法。

　　但是，隨著生產力發展和社會進步，《山海經》原本的巫書性質在受眾的頭腦裡反而漸漸淡薄。劉秀〈上《山海經》表〉就認為它「奇可以考禎祥變怪之物，見遠國異人之謠俗」，似乎是一部博物全書。《漢書・藝文志》將它列入「數術略・形法家」，並解釋「形法」即「大舉九州之勢以立城郭室舍形，人及六畜骨法之度數，器物之形容，以求其聲氣貴賤吉凶」[21]。《隋書・經籍志》將它劃歸在「史部・地理類」，《四庫全書總目》則將它定性為「小說家」。

　　明代胡應麟說《山海經》是「古今語怪之祖」[22]，《四庫全書總目》稱它是「小說之最古者」[23]。從小說的角度看是有道理的。不過《山海經》對後世小說的影響不在敘事。不能說它完全沒有敘事，文中記載的若干神話傳說雖然文字簡古，詞義淳

21　《漢書・藝文志》第六冊卷三十，中華書局 1962 年版，第 1775 頁。

22　胡應麟：《少室山房筆叢》卷三十二〈四部正訛下〉，上海書店出版社 2001 年版，第 314 頁。

23　《四庫全書總目》卷一四一〈子部・小說家類三〉，中華書局 1965 年版，第 1205 頁。

質，但還是包含有敘事的要素的。但這些文字在全書中比重甚小，它主要的還是對事物的靜態描狀。正因為如此，胡應麟就曾推測它是先有圖畫，文字乃依圖畫述之。它對後世小說的影響大致有三個方面：第一，志怪敘事體例；第二，神話題材；第三，魔幻情節模式。

《山海經》按地理方位依次記錄怪異名物，成為後世博物類志怪的通例。漢代的《括地圖》、《神異經》、《十洲記》，晉代的《博物志》，宋代的《續博物志》，明代的《博物志補》等，還有數量不小的歷代雜俎類志怪部分，皆依地理方位記事，顯示出《山海經》體例的開創性和久遠的生命力。

神話傳說在《山海經》中得以保存的有很多，即便它的記載只是隻言片語，完整情節較少，但這些碎片拼合起來，仍可以窺見其朦朧的全貌。這些原始的神話傳說在往後的漫長歲月裡，在人們的想像中發酵，演進成豐富生動的小說情節。在這個意義上，《山海經》是後世小說魔幻題材的寶庫。

西王母的故事，《山海經》有三處寫到。

卷二〈西山經〉：

又西三百五十里，曰玉山，是西王母所居也。西王母其狀如人，豹尾虎齒而善嘯，蓬髮戴勝，是司天之厲及五殘。

卷十一〈海內西經〉：

西王母梯幾而戴勝，其南有三青鳥，為西王母取食。在崑崙

虛北。

卷十六〈大荒西經〉：

西海之南，流沙之濱，赤水之後，黑水之前，有大山，名曰
崑崙之丘。有神，人面虎身，有文有尾，皆白，處之。其下
有弱水之淵環之，其外有炎火之山，投物輒然。有人戴勝，
虎齒，有豹尾，穴處，名曰西王母。此山萬物盡有。

以上三段文字描述居住在崑崙山（玉山）上的西王母，人
形、虎齒、豹尾，半人半獸，非人非獸，主管上天的災厄和五
刑殘殺之氣，是一位令人敬畏的超自然神靈。她頭髮蓬亂，頭
上戴著「勝」（勝或為鐫有圖案的板狀玉塊，用帶串聯橫繫於額
上），「善嘯」，那嘯聲大概會令人不寒而慄，所食用之物由三隻
青鳥覓來供奉，料必不是人間美味。

西王母在傳說過程中漸漸被人化，〈穆天子傳〉寫周穆王
西征去拜會西王母，西王母和周穆王一樣具有王者風範，她不
再是面目猙獰的操控災厄和刑氣的凶神，而是可與人類交流思
想情感的有人格的神。到漢魏六朝仙話盛行的時代，《漢武故
事》、《博物志》、《漢武帝內傳》等作品中的西王母更被賦予了
道教神仙的品格，說她種的仙桃，人若食之則長生不死，欲求
萬壽無疆者無不嚮往頂禮膜拜。《淮南子‧覽冥訓》記云：「羿
請不死之藥於西王母，姮娥竊以奔月。」羿是向西王母求取不死
之藥的先驅，接踵而來的是秦皇漢武之流。後世小說有不少作

品都有西王母的身姿，對於她及她所居住的仙境有更豐富多彩
的描繪，她已被美化成雍容華貴、容顏絕世的王母娘娘。《西遊
記》寫到西王母的蟠桃會，可惜被孫悟空破壞了。

> 《山海經》所記而成為後世小說母題的還有「精衛填海」、「夸
> 父追日」、「黃帝蚩尤」等。精衛填海見於〈北山經〉：又北
> 二百里，曰發鳩之山，其上多柘木。有鳥焉，其狀如烏，文
> 首、白喙、赤足，名曰精衛，其鳴自詨。是炎帝之少女，名
> 曰女娃，女娃遊于東海，溺而不返，故為精衛，常銜西山之
> 木石，以堙于東海。

　　這個神話已被注入了傳說的成分。傳說中的炎帝自西部遷
徙到中部地區，與中部地區以蚩尤為首的九黎族發生衝突，炎
帝聯合西北的黃帝打敗蚩尤，從此開始了華族的繁衍。這是戰
國秦漢時期關於華族始祖的傳說。精衛的神話產生要早得多，
它講述遠古洪水氾濫，女娃被滔滔大海淹死，她化成一隻名叫
精衛的小鳥，為把浩瀚的大海填平，她日復一日地銜西山的木
石拋入大海。她為炎帝之女，乃是後來加入的傳說成分。精衛
填海，知其不可為而為之，這種堅忍不拔、義無反顧的意志和
精神，是寶貴的精神，成為後世不斷演繹的母題。如陶淵明〈讀
山海經〉所云：「精衛銜微木，將以填滄海。刑天舞干戚，猛
志固常在。同物既無慮，化去不復悔。徒設在昔心，良辰詎可
待。」

　　如果說精衛填海是發生在滄海橫流背景下的神話，那麼夸

父追日則是大旱造成赤地千里背景下創造出來的神話。《山海經》有兩處寫道：

> 大荒之中，有山名曰成都載天。有人珥兩黃蛇，把兩黃蛇，名曰夸父。后土生信，信生夸父。夸父不量力，欲追日景，逮之於禺谷。捋飲河而不足也，將走大澤，未至，死于此。（〈大荒北經〉）

> 夸父與日逐走，入日。渴，欲得飲，飲於河渭；河渭不足，北飲大澤。未至，道渴而死。棄其杖，化為鄧林。（〈海外北經〉）

此外，〈中山經〉記有「夸父之山」，山北有林名曰「桃林」，與上述記載相照應。關於夸父的身世，文中也摻進傳說，說他是信的兒子，信是后土的兒子，后土又是誰的兒子呢？〈海內經〉說后土是炎帝的兒子。這顯然是附會華族始祖的傳說。夸父追逐太陽，是想到禺谷那個地方抓住太陽。萬物生長靠太陽，夸父偏偏要抓它，那一定是太陽製造了曠日持久的大旱。同樣，大旱背景還產生了后羿射日的神話。夸父追日終沒有成功，他是失敗的英雄，但他的手杖化作了一片樹林，用綠蔭覆蓋乾涸的大地，還是造福了子孫。

遠國異民的傳說比較集中在卷六至卷九〈海外經〉、卷十至卷十三〈海內經〉和卷十四至卷十七〈大荒經〉等卷帙中。全書記載了六十餘國，除了少數國名如朝鮮、天毒、匈奴、巴國、

肅慎等尚屬可考外，絕大多數皆據國民特徵而隨意命名，以形象命名者為最多，如長臂國、讙頭國、三首國、三身國、一臂國等，以習俗命名者如君子國，以性別命名者如女子國，多半依據傳說。不過這些傳說包含著豐富而奇詭的想像，成為文學浪漫思緒的寶貴資源。清代小說《鏡花緣》描述主人公唐敖遊歷海外諸國，如君子國、大人國、毛民國、無腸國、無股國、黑齒國、白民國、淑士國、長臂國、巫咸國、歧舌國、女人國等，就取材於《山海經》。

《山海經》記載的神話片段富於情節的當屬黃帝戰蚩尤。〈大荒北經〉記云：

> 大荒之中，有山名曰不句，海水入焉。有係昆之山者，有共工之臺，射者不敢北嚮。有人衣青衣，名曰黃帝女魃。蚩尤作兵伐黃帝，黃帝乃令應龍攻之冀州之野。應龍畜水，蚩尤請風伯、雨師，縱大風雨。黃帝乃下天女曰魃。雨止，遂殺蚩尤。

《史記》將這段神話歷史化，說「蚩尤作亂，不用帝命。於是黃帝乃徵師諸侯，與蚩尤戰於涿鹿之野，遂禽殺蚩尤」[24]。司馬遷把黃帝與蚩尤的關係定為君臣關係，蚩尤犯上作亂，黃帝率諸侯伐而滅之。其實蚩尤可能是九黎部族首領，《史記正義》引孔安國的話說，「九黎君號蚩尤」[25]。《史記正義》還引《龍

24　《史記》卷一〈五帝本紀〉，《史記》第一冊，中華書局 1959 年版，第 3 頁。

25　《史記》卷一〈五帝本紀〉，《史記》第一冊，中華書局 1959 年版，第 4 頁。

魚河圖》說，蚩尤「獸身人語，銅頭鐵額，食沙石子，造立兵仗刀戟大弩，威振天下」[26]。從文學的角度看，《山海經》記黃帝戰蚩尤的可貴之處在於它描寫了戰爭的過程，有情節的展開。戰爭之初，黃帝命令應龍出戰，應龍蓄水以攻之，不料蚩尤卻以水制水，他請來風伯雨師，呼風喚雨，應龍不能取勝。黃帝於是求助天女魃，傳說天女魃是旱神，她從天而降，止住狂風暴雨，擒殺了蚩尤。

　　黃帝大戰蚩尤的情節框架是戰爭敘事的模型，正義的一方與邪惡的一方戰到難分勝負的時候，便請天神下來助戰，正義終於戰勝邪惡。這個模型被後世小說不斷花樣翻新地演繹。例如《水滸傳》宋江攻打高唐州，高唐州知府大施妖法，宋江不得不請公孫勝來以道制魔，遂攻陷城池，救出柴進。宋江大戰呼延灼亦是如法炮製，呼延灼的「連環馬軍」令宋江招架不住，宋江便「請」來徐寧，用「鉤鐮槍法」破了「連環馬軍」。《西遊記》用此模型編織孫悟空與妖魔鬥爭的情節更是多見，凡孫悟空鬥不過妖魔，便去請觀音菩薩等諸神仙。《楊家府演義》寫楊延昭破不了七十二座天門陣，於是請來穆桂英，穆桂英的降龍木打得天門陣土崩瓦解。《封神演義》武王伐紂，也是得到外援──執掌闡教的元始天尊的助戰，方取得勝利。

　　《山海經》還不是一部文學意義的志怪小說。它的重點在

26　《史記》卷一〈五帝本紀〉，《史記》第一冊，中華書局 1959 年版，第 4 頁。

記事，還不是在敘事。雖然它記錄的神話傳說基本上是吉光片羽，但畢竟集合了大量的神話傳說，說它是神話傳說之集大成者亦不為過。這些神話傳說所建構的意象，所表現出來的豐富的想像力，不僅孕育了後世的志怪小說，也孕育了包括小說在內的文學成長。

第三節　兩漢神仙志怪書

兩漢神仙傳說風行，方士功不可沒。帝王欲求長生不死，方士投其所好，收集和編造大量的仙人故事，誘惑鼓動帝王祠神求仙，自己則從中牟利。《史記》卷六〈秦始皇本紀〉三十一年，《史記集解》引《太原真人茅盈內紀》云：「始皇 -216/11/14

秦始皇帝三十一年九月庚子三十一年九月庚子，盈曾祖父濛，乃於華山之中，乘雲駕龍，白日升天。先是其邑謠歌日『神仙得者茅初成，駕龍上升入泰清，時下玄洲戲赤城，繼世而往在我盈，帝若學之臘嘉平』。始皇聞謠歌而問其故，父老具對此仙人之謠歌，勸帝求長生之術。於是始皇欣然，乃有尋仙之志，因改臘日『嘉平』。」[27]

茅盈的曾祖父茅濛在華山乘雲駕龍白日飛升，當地歌謠傳誦其事，顯然是方士茅盈的精心運作，目的當然是蠱惑欲求長生的秦始皇迷信神仙。漢武帝身邊的方士更能編創神仙故事，

27　《史記》卷六〈秦始皇本紀〉，《史記》第一冊，中華書局 1959 年版，第 251 頁。

李少君曾煞有介事地向武帝講述說：「祠灶則致物，致物而丹沙可化為黃金，黃金成以為飲食器則益壽，益壽而海中蓬萊僊者可見，見之以封禪則不死，黃帝是也。臣嘗遊海上，見安期生，食臣棗，大如瓜。安期生僊者，通蓬萊中，合則見人，不合則隱。」[28]

祠灶煉金，以金作飲食器皿可以益壽，益壽可以見仙，見仙封禪則可以不死，這種成仙路徑似乎完全可以踐行。李少君還編造他曾與蓬萊仙人安期生有過交誼，藉以博得漢武帝歡心和信任。漢武帝一心要長生，對這些謊言篤信不疑，祠灶煉金，遣方士入海尋訪安期生，一一照辦。方士公孫卿是一位講故事能手，有地方巫者聲言掘得寶鼎，公孫卿便說此鼎先為黃帝所得，黃帝因有此鼎而仙登於天。又說有鼎書為證，鼎書得於與安期生有交往的齊人申公，而申公已死。寶鼎出，可與神通，封禪即可如黃帝一樣登仙。漢武帝聽罷驚喜不已：「嗟乎！吾誠得如黃帝，吾視去妻子如脫屣耳。」[29]

秦漢時期仙話因方士而大行天下。司馬遷就說，單是漢武帝東巡海上時，「齊人之上疏言神怪奇方者以萬數」[30]。

漢代神仙志怪書以其原貌留存於世的尚未發現，現存署漢代人的作品《神異經》、《十洲記》、《列仙傳》、《括地圖》、《洞

28　《史記》卷二十八〈封禪書〉，《史記》第四冊，中華書局 1959 年版，第 1385 頁。

29　《史記》卷二十八〈封禪書〉，《史記》第四冊，中華書局 1959 年版，第 1394 頁。

30　《史記》卷二十八〈封禪書〉，《史記》第四冊，中華書局 1959 年版，第 1397 頁。

冥記》等，是否真的是漢代人手筆，疑竇甚多，歷來都有不同意見。這些作品均不見《漢書》、《後漢書》的「藝文志」著錄，魏晉南北朝的典籍或有提及，且有引用其佚文片段者，直到《隋書‧經籍志》方有著錄，其中有些作品署名，一望即知為偽託，更增添了人們的懷疑。由是有人認為它們是魏晉南北朝文人的作品。不過，斷然否定它們是漢代人的作品，還是匆忙了些。它們經過魏晉南北朝文人的潤飾和修改，大概是難以避免的，但有一點不能否定，它們寫的主要是仙話，幾乎沒有鬼話的記錄。鬼話起於東漢之末，這一點以後將要詳述，它們不記鬼話，說明還不知道鬼話，這是漢代志怪的時代指標，故而不可遽然斷定它們是魏晉南北朝人的偽託。

　　在彌漫著神仙信仰的漢代，民間流傳的神仙故事想必很多，這些有限的作品所記錄的，大概只是神仙傳說的冰山一角。

《列仙傳》

　　《列仙傳》的作者，通常說是西漢人劉向。《隋書‧經籍志》和《舊唐書‧經籍志》「雜傳類」著錄此書皆如是說。此說源自西晉人葛洪。葛洪《抱朴子‧論仙篇》云：「劉向博學⋯⋯其所撰《列仙傳》，仙人七十有餘。」宋代以後不斷有人質疑此說。有代表性的如宋陳振孫《直齋書錄解題》卷十二〈神仙類〉、明胡應麟《少室山房筆叢》中〈四部正訛下〉、清《四庫全書總目》卷一四六〈子部‧道家類‧《列仙傳》提要〉、今人余嘉錫《四庫

提要辨證》卷十九〈子部・道家類〉等，他們質疑的根據歸納起來有三條：第一，《列仙傳》在《漢書・藝文志》中沒有著錄，《漢書》劉向本傳中也未見記載；第二，《列仙傳》所記的某些名物在東漢以後才出現；第三，《列仙傳》「不類西漢文字」[31]。

該書有東漢以後的名物和文字風格不似西漢這兩條，如果考慮到漢晉書籍傳寫過程中難免會有增益和潤飾的情況，就不能作為偽書的確切證據。唯《漢書》沒有該書的記錄這一條，則不能不慎重對待。

劉向是西漢著名今文經學家，曾領校祕書，閱定九流，所編《別錄》未有給神仙鬼怪讖緯之書作序目，《漢書》本傳也未提及《列仙傳》，所撰《列女傳》宣揚的是儒家思想。他年輕時也曾輕信淮南王劉安的那一套煉金術，因此還險些被漢宣帝處死。[32]

經歷過這一場無妄之災，晚年篤信儒學的劉向有多大可能著書鼓吹煉金之術，為神仙立傳，實在是值得懷疑的。後來有人作〈列仙傳敘〉維持作者為劉向之說：「至成帝時，向既司典籍，見上頗修神仙之事，乃知鑄金之術，實有不虛，仙顏久視，真乎不謬，但世人求之不勤者也。遂輯上古以來及三代秦漢，博採諸家言神仙事者，約載其人，集斯傳焉。」[33]

31　《四庫全書總目》卷一四六〈子部・道家類〉，中華書局 1965 年版，第 1248 頁。

32　《漢書》卷三十六〈楚元王傳〉附〈劉向傳〉。

33　陶宗儀纂：《說郛》卷四十三，北京中國書店 1986 年據涵芬樓 1927 年 11 月版影印。

第一章 秦漢志怪的興起

　　這解釋似乎有理，但推敲起來，仍感缺乏說服力。漢成帝迷信神仙方術，漢宣帝何嘗不迷信？問題是劉向獻給宣帝的《枕中鴻寶苑祕書》不靈驗，宣帝按書煉不出黃金來，認為劉向欺君，要將他處死。迷信神仙方術的漢武帝也曾殺過他寵信的方士。劉向為討好皇帝鼓吹神仙方術已險些喪命，他還會重蹈覆轍嗎？劉向作《列仙傳》的可能性實在很小。《列仙傳》的作者極有可能是東漢未知姓名的方士。

　　《列仙傳》今存有《道藏》本、《龍溪精舍叢書》本等，記有仙人七十名。葛洪〈論仙篇〉和〈神仙傳序〉稱該書記述仙人「七十有餘」，可見今存本並非古本原貌。

　　《列仙傳》與先秦神仙說之最顯著的不同，是它把仙界入場券發給了庶人。它鼓吹世間的人們不論高低貴賤，只要按法虔誠修道，皆可成仙。成仙不再是帝王貴胄的專利，這有點類似佛教中的大乘。該書記述的七十仙人中，有漁者（寇先、陵陽子明）、賣藥翁（安期先生）、賣草履者（文賓）、販珠者（朱仲）、養雞人（祝雞翁）、牧豕者（商丘子胥）、門卒（平常生）、釀酒匠（酒客）、沽酒婦（女丸）等，這些人成仙主要經由服食和養身。服食的種類很多，要而言之，礦物有水（水銀）煉丹與硝石、雲母、澤芝地髓等，植物有松葉、松實、百草花、蒲韭根等。養身是導引行氣，兼以服食。這些方法已顯道教修練法的雛形。值得注意的是，《列仙傳》宣傳的成仙之法中還有行善一

說，子英捕得赤鯉不殺，養育呵護，赤鯉成龍，載子英騰飛仙去。此中似乎雜有佛教報應觀念，也說明《列仙傳》可能並非純粹和成熟的道教著作。

　　成仙之人社會地位的下移，與方士為招攬更廣大的信眾有關，另一方面也表明《列仙傳》博採了民間的神仙傳說。神仙與凡人的距離縮短，使得仙話有了更多的人文內容，這無疑為志怪小說的孕育和發展提供了動力和肥料。

　　一般宗教多提倡禁欲主義，但道教生成時期的神仙說卻並不排斥男女之欲。傳說中的神仙享受著塵寰世界的人們所希求享受的最愜意的生活：或斟飲於山巔，或對弈於林下，或乘雲氣、御飛龍、騎日月，悠游於四海之外，與他們相伴的不僅有清雅的音樂，往往還有絕色嫋娜的美女。「快樂似神仙」是也。《列仙傳》記有簫史弄玉的故事：

> 簫史者，秦穆公時人也。善吹簫，能致孔雀白鶴於庭。穆公有女，字弄玉，好之，公遂以女妻焉。日教弄玉作鳳鳴，居數年，吹似鳳聲，鳳凰來止其屋。公為作鳳臺，夫婦止其上，不下數年。一旦，皆隨鳳凰飛去。故秦人為作鳳女祠於雍宮中，時有簫聲而已。（〈簫史傳〉）

　　古代崇尚禮樂，音樂除了陶冶性情之外，更是社會生活中非常重要的一部分。河姆渡遺址出土了一百六十件骨哨，可以模擬各種鳥鳴，可知中國吹奏樂歷史之久遠。《詩經》中已有管

第一章 秦漢志怪的興起

樂簫的記載，鳳凰更是傳說中的神鳥。《尚書・益稷》：「《簫韶》九成，鳳皇來儀。」《山海經・南山經》：「丹穴之山……有鳥焉，其狀如雞，五采而文，名曰鳳皇，首文曰德，翼文曰義，背文曰禮，膺文曰仁，腹文曰信。是鳥也，飲食自然，自歌自舞，見則天下安寧。」鳳凰並非自然中實有之鳥，它是宇宙調和的象徵，也是音樂的精靈。簫史吹簫可作鳳鳴，能召鳳凰翩躚而至，其旋律聲韻已達到絕妙至高的境界。簫史與弄玉因音樂而結合，因音樂而昇華，在音樂中永生，真是一齣音樂的浪漫劇。簫史的故事讓後世的人們豔羨不已。唐人沈亞之有《秦夢記》，寫他在夢中與喪偶的弄玉成婚；傳為李白所作的《憶秦娥》有「簫聲咽，秦娥夢斷秦樓月」之句；明人有雜劇《秦樓簫史引鳳》；清人有雜劇《吹簫引鳳》、《跨鳳乘龍》。可見簫史的故事影響極其深遠。

〈江妃二女傳〉敘一凡人與二神女在江上邂逅，遊子有意，神女多情，情意綿綿，即便是鏡中花、水中月，卻也感人肺腑：

> 江妃二女者，不知何所人也。出遊於江漢之湄，逢鄭交甫。見而悅之，不知其神人也。謂其僕曰：「我欲下請其佩。」僕曰：「此間之人，皆習於辭，不得，恐罹悔焉。」交甫不聽，遂下與之言曰：「二女勞矣。」二女曰：「客子有勞，妾何勞之有？」交甫曰：「橘是柚也，我盛之以笥，令附漢水，將流而下。我遵其旁，彩其芝而茹之。以知吾為不遜，願請子之佩。」二女曰：「橘是柚也，我盛之以，令附漢水，將

流而下。我遵其旁，采其芝而茹之。」遂手解佩與交甫。交甫悅受，而懷之中當心。趨去數十步，視佩，空懷無佩。顧二女，忽然不見。

這是楚地的民間傳說。江妃二女，也許是堯帝的二女娥皇、女英，嫁給舜帝，舜帝南巡崩於九嶷（蒼梧），二女自溺湘水為神。此故事地點在漢水，也許是娥皇、女英遊至漢水，但也許並不是她們姐妹，而是不知姓氏的漢水神女。鄭交甫不知二女為神，只是傾倒於她們的豔麗飄逸，以詩挑逗。二女以詩酬答，解佩相贈，分明接受了鄭生的求愛。古代男女解佩相贈是定情之舉，《聊齋志異》卷十二〈王桂庵〉中王桂庵在江上擲金釧贈芸娘，《紅樓夢》賈璉遺九龍佩與尤二姐，皆是此意。二女畢竟是神仙，佩忽然虛化，人亦飄然而逝，留給鄭生的是永遠的惆悵和思念。「鳴佩虛擲」成為失落愛情的象徵。宋晏殊〈木蘭花·燕鴻過後鶯歸去〉：「聞琴解佩神仙侶。挽斷羅衣留不住。」後其子晏幾道《小山樂府》中首有〈解佩令〉之詞牌。

神女也有與凡人結為伉儷的，〈園客〉就寫了這樣一位幸運的凡人：

園客者，濟陰人也。姿貌好而性良，邑人多以女妻之，客終不取。常種五色香草，積數十年，食其實。一旦，有五色蛾止其香樹末，客收而薦之以布，生桑蠶焉。至蠶時，有好女夜至，自稱客妻，道蠶狀。客與俱收蠶，得百二十頭繭，皆如甕大。繅一繭，六十日始盡。訖則俱去，莫知所在。故濟

陰人世祠桑蠶，設祠室焉。或云陳留濟陽氏。

　　園客是個農夫，不事稼穡而種五色香草，不吃五穀而食香草果實，本身就有幾分仙氣。好女夜間不期而至，自薦為妻，助他養蠶繅絲，桑蠶業成，雙雙升遐仙去。這是桑蠶起源故事之一。其文之宗旨在宣揚成仙的條件，品性純良，辟穀食香草之實，但在客觀上也傳達了一個俗念，凡人也可佳配仙女。這種意識取向，顯示出方士志怪在自身發展中有種向文學演進的趨向，它是微弱的，也並非主流，但涓涓細水，終究會匯成巨流。

《神異經》

　　《神異經》一卷，酈道元《水經注》卷一〈河水注〉、《三國志‧齊王紀》裴松之注引《神異經》均題東方朔撰。作者為東方朔之說，南宋以來多有學者質疑。[34]

　　東方朔，字曼倩，西漢富平（今山東惠民）人。武帝時累官侍中、太中大夫等，以詼諧滑稽著稱。《漢書》卷六十五〈東方朔傳〉著錄他的著作十餘種，未有《神異經》之名，《漢書‧藝文志‧雜家類》有東方朔所著書目，亦未見《神異經》，此書偽

34　參見陳振孫《直齋書錄解題》卷十一，胡應麟《少室山房筆叢》卷五〈丹鉛新錄一〉、卷三十六〈二酉綴遺中〉，《四庫全書總目》卷一四二〈子部‧小說家類三〉，段玉裁《古文尚書撰異》卷一，胡玉縉《四庫全書總目提要補正》卷四十二，陶憲曾《靈華館叢稿》中〈《神異經》輯校序〉，余嘉錫《四庫提要辨證》。

託嫌疑頗大。《四庫全書總目》說它「詞華縟麗，格近齊梁，當由六朝文士影撰而成」。但是東漢末服虔注《左傳》已稱引《神異經》[35]，足見東漢末以前已有《神異經》其書。今傳本文字經由六朝文士修訂，當然存有可能。

《神異經》承襲《山海經》體制，一卷凡九篇：〈東荒經〉、〈東南荒經〉、〈南荒經〉、〈西南荒經〉、〈西荒經〉、〈西北荒經〉、〈北荒經〉、〈東北荒經〉、〈中荒經〉。今存各本所輯篇目各不相同，元末明初陶宗儀編、明陶珽重輯一百二十卷《說郛》本、明何允中《廣漢魏叢書》本為五十八則。篇則中也有將後世作品摻入者。

《神異經》體例模仿《山海經》，內容也有因襲者，但它是漢代的作品。《山海經》雖然也有神仙和不死觀念的記述，但占全書的比重很小，還只是萌芽和雛形。而《神異經》卻有大量神仙和辟穀服食成仙的描寫。尤其不同的是西王母的形象，《神異經》創造了一個東王公與她匹配：

> 崑崙之山有銅柱焉，其高入天，所謂天柱也。圍三千里，周圓如削。下有回屋，方百丈，仙人九府治之。上有大鳥，名曰希有，南向，張左翼覆東王公，右翼覆西王母。背上小處無羽，一萬九千里。西王母歲登翼上，會東王公也。故其柱銘曰：「崑崙銅柱，其高入天，圓周如削，膚體美焉。」其鳥銘曰：「有鳥希有，碌赤煌煌，不鳴不食。東覆東王

35　參見《左傳‧文公十八年》孔穎達疏：「服虔按：《神異經》云……」

公，西覆西王母，王母欲東，登之自通。陰陽相須，唯會益
工。」（〈中荒經〉）

西王母每年登翼與東王公相會，象徵著陰陽兩極對立統
一。東漢趙曄《吳越春秋》卷九：「立東郊以祭陽，名曰東皇公；
立西郊以祭陰，名曰西王母。」[36]

現今出土一些東漢墓室畫像以及銅鏡畫像銘文都刻劃有東
王公與西王母的形象，說明東王公與西王母的故事在東漢已盛
傳。《神異經》的〈東荒經〉還描寫東王公「恆與一玉女投壺」。
投壺是貴族士大夫的娛樂，加在神話人物東王公身上，顯然使
他更加人文化了。

《神異經》的〈東荒經〉還描繪了近於儒家君子國的理想
境界：

> 東方有人焉，男皆朱衣縞帶玄冠，女皆彩衣，男女便轉可
> 愛。恆恭坐而不相犯，相譽而不相毀，見人有患，投死救
> 之。名曰善人，一名敬，一名美。不妄言，然而笑，倉卒見
> 之如痴。

這東方國度的男女，服飾典雅，氣質靜穆，互敬互愛，和
諧有禮，捨己救人是為常情，純然是一個仁者世界。

〈西南荒經〉描寫一種「訛獸」，「常欺人，言東而西，言
惡而善，其肉美，食之言不真」。這種奇怪的動物能說人話，不

過總是顛倒善惡是非，目的是要害人。最為嚴重的是它的肉美味可口，吃了便成為說謊的人。〈中荒經〉還說有不孝鳥，「界以顯忠孝也」。這類近似寓言的故事，頗有諷世意味，雖然較樸拙，卻開啟了後世藉虛擬世界以諷喻現實社會的先河。

文學趣味的追求，在《神異經》敘事中也隱約可見。如〈西荒經〉所寫「河伯使者」：

> 西海水上有人，乘白馬朱鬣，白衣玄冠；從十二童子，馳馬西海水上，如飛如風，名曰「河伯使者」。或時上岸，馬跡所及，水至其處。所之之國，雨水滂沱。暮則還河。

此文對河伯使者的描述頗具動感、氣勢和色彩。朱鬣白馬，白衣玄冠，色彩鮮明。率十二童子賓士水上，如飛如風，其輕其疾，比喻恰到好處。上岸則馬蹄下波濤洶湧，所到之國則大雨滂沱，氣勢磅礴。

從《神異經》的文風看，它的作者不大可能是完完全全的方士，很可能是受神仙方術浸潤的儒生。其宗旨不完全在證明神仙之實有和成仙之路徑，倒像是以一種好奇心態記錄下民間流傳的神仙故事，並且不自覺地摻入了一些儒家意識。鑑於此，南宋陳振孫《直齋書錄解題》便把它從「道家類」抽出來，改錄入「小說家類」。

《十洲記》

《十洲記》又名《海內十洲記》，酈道元《水經注》卷一〈河水注〉引《十洲記》題東方朔撰，《隋書‧經籍志》地理類著錄亦題東方朔撰。關於作者問題，和《神異經》的情形十分相似，「東方朔」乃是後人偽託。《漢書》東方朔本傳詳錄東方朔著作目錄，並無《十洲記》、《神異經》之目，本傳還特別說明，「後世好事者因取奇言怪語附著之朔」。《十洲記》非東方朔作，《四庫全書總目》指它為六朝人的作品也未見確當，它應是東漢後期作品。[37]

《十洲記》一卷，見於《廣漢魏叢書》、《道藏》、陶珽重輯一百二十卷本《說郛》等。該書首敘漢武帝聽說西王母神話，說八方巨海中有祖洲、瀛洲、玄洲、炎洲、長洲、元洲、流洲、生洲、鳳麟洲、聚窟洲等十洲，皆人跡稀絕，於是召東方朔於曲室，詢問十洲之所在和十洲所產之名物，此書即東方朔回稟記錄。此外還附滄海島、方丈洲、扶桑、蓬邱、崑崙五條。篇首以東方朔口吻說：「臣，學仙者耳，非得道之人，以國家之盛美，將招名儒墨於文教之內，抑絕俗之道於虛詭之跡，臣故韜隱逸而赴王庭，藏養生而待朱闕。」又稱武帝懷塵世之欲，不能盡悉東方朔之仙術，故爾不得長生云云。十洲三島，是漢代

37　參見李劍國《唐前志怪小說史》第三章第二節，南開大學出版社 1984 年版，第167—169 頁。

人想像中的仙境，遠離塵世，乃超時空存在。較先秦的崑崙之
說，秦漢間的蓬萊、方丈、瀛洲之說，《山海經》的不死之山、
不死之國之說，要完備和系統得多了。東方朔〈與友人書〉云：
「遊十洲三島，相期拾瑤草。」[38]

　　說明十洲三島之說在西漢武帝時代已膾炙人口，人們的求
仙欲望推動了諸如《十洲記》之類的神仙志怪書的編撰。

　　《十洲記》在體例上沿襲《山海經》，但宗旨卻大異其趣，主
題取向更不盡相同。它的旨趣不再像《山海經》那樣對海內外山
川形勢和奇異物產進行掃描，而在神仙所至的異域，把這些虛
無縹緲的仙境描繪得形象具體。如它寫「祖洲」云：

> 祖洲，近在東海之中，地方五百里，去西岸七萬里。上有不
> 死之草，草形如菰，苗長三四尺。人已死三日者，以草覆
> 之，皆當時活也。服之令人長生。昔秦始皇大苑中多枉死者
> 橫道，有鳥如烏狀，銜此草覆死人面，當時起坐而自活也。
> 有司聞奏，始皇遣使者齎草，以問北郭鬼谷先生。鬼谷先生
> 云：「此草是東海祖洲上，有不死之草，生瓊田中，或名為
> 養神芝。其葉似菰，苗叢生，一株可活一人。」始皇於是慨
> 然言曰：「可採得否？」乃使使者徐福，發童男童女五百人，
> 率攝樓船等，入海尋祖洲。遂不返。福，道士也，字君房，
> 後亦得道也。

　　祖洲之所以令人神往，只在它出產不死之草。關於不死

第一章　秦漢志怪的興起

之草，《山海經·海內西經》有不死樹的記載，還說巫咸等六巫「皆操不死之藥」，《十洲記》寫得更有憑有據，描述了它的形態，還以史實證明它的靈驗。文中敘述秦始皇遣徐福入海無果，而不死草卻救活了枉死者，是否說明不死草只與無辜枉死者有緣，殘暴統治者求之必不可得？不管這種思想是否為原著所有，後世的民間傳說和小說戲曲卻延續並發展它，得不死草而起死回生者，都是枉死之良善的人。

祖洲以不死之草著稱，有些洲則因為神仙居住而令人神往。《十洲記》寫到的神仙有西王母、天帝君、太上真人、三天君、太真東王父、鬼谷先生、上元夫人等，它不同於《列仙傳》為神仙立傳，而是在描狀仙境，那仙境又比《神異經》所寫要更富於人性。例如《十洲記》對崑崙的描繪：

> 崑崙號曰昆崚，在西海之戌地，北海之亥地，去岸十三萬里，又有弱水周回繞匝。山東南接積石圃……積石圃南頭，是王母居。……山高平地三萬六千里，上有三角，方廣萬里，形似偃盆，下狹上廣，故名曰崑崙。山三角：其一角正北，干辰之輝，名曰閬風巔；其一角正西，名曰玄圃堂；其一角正東，名曰崑崙宮。其一角有積金，為天墉城，面方千里。城上安金臺五所，玉樓十二所。其北戶山、承淵山又有墉城。金臺玉樓，相鮮如流精之闕光。碧玉之堂，瓊華之室，紫翠丹房，錦雲燭日，朱霞九光，西王母之所治也。真官仙靈之所宗，上通璿璣，元氣流布，五常玉衡，理九天而

調陰陽。品物群生，希奇特出，皆在於此。天人濟濟，不可
具記。此乃天地之根紐，萬度之綱柄矣。

《山海經》中西王母是「穴處」，有三青鳥為她取食，形象半
獸半人。《神異經》對西王母的住室和生活起居未加描述，只說
她在「希有」鳥羽翼之下，每年登上羽翼與東王公相會，其生存
狀態與人間相去甚遠。這《十洲記》所敘西王母住的可是瓊樓玉
宇，不再可能是虎齒豹尾的怪物了。明代《西遊記》第五回寫西
王母瑤池蟠桃會，瑤池「瓊香繚繞，瑞靄繽紛。瑤臺鋪彩結，
寶閣散氤氳」的氣象，顯然源自《十洲記》。

《十洲記》以西海的鳳麟洲和聚窟洲的篇幅最長，與其他八
洲在篇幅上不成比例，疑有較多後人文字摻入。此二洲地理方
位都在西域，敘及「西國」、「月支國」使者進獻靈物異獸之事，
反映了與西域交流的事實。

記聚窟洲時，藉月支國使者的口對漢武帝說：「今日仰鑑天
姿，亦乃非有道之君也。眼多視則貪色，口多言則犯難，身多
動則淫賊，心多飾則奢侈。未有用此四者而成天下之治也。」這
話十分尖銳，雖然兼談治國，但已透露出漢武帝不能得道的根
本原因。《後漢書‧襄楷傳》襄楷對桓帝說：「聞宮中立黃老、
浮屠之祠，此道清虛，貴尚無為，好生惡殺，省欲去奢。今陛
下嗜欲不去，殺罰過理，既乖其道，豈獲其祚哉……今陛下淫
女豔婦，極天下之麗，甘肥飲美，單天下之味，奈何欲如黃、

老乎？」襄楷對桓帝的批評，與月支國使者對武帝的批評，在邏輯上如出一轍，反映了漢代衰微時人們對帝王求仙不得的想法。

《洞冥記》

《洞冥記》又名《漢武洞冥記》、《漢武帝別國洞冥記》。《隋書‧經籍志》雜傳類著錄為一卷，《舊唐書‧經籍志》雜傳類和《新唐書‧藝文志》道家類均著錄為四卷。一卷本和四卷本均為六十條。

《洞冥記》的作者，《隋書‧經籍志》題漢郭氏撰，新舊「唐志」題郭憲撰。郭憲，字子橫，東漢汝南宋（今安徽太和縣北）人。王莽篡政，拜郭憲為郎中，他焚所賜衣，逃匿海濱。漢光武帝建立東漢，召郭憲為博士，建武七年（西元前三一年）遷光祿勳。郭憲以直諫聞名，時有「關東觥觥郭子橫」的評語。郭憲好方術，《後漢書‧方術傳》曾記有他含酒三潠滅齊之火的法術。後世亦有人指《洞冥記》署郭憲撰為偽託，但只是推測之詞。

今存本《洞冥記》卷首有郭憲序，其文是否為郭憲所作，大可懷疑。序文說「或言浮誕，非政教所同經文，史官記事，故略而不取」，不符合漢代人觀念。漢代的確獨尊儒術，但那儒術是董仲舒用陰陽五行所闡釋的儒術，是宗教神祕化了的儒術，漢代的政教、經文都夾雜有方術的因素。即使是不那麼迷信的司馬遷，他在《史記》中還是記載了許多方士鼓吹的浮誕之說。

序文又說東方朔「洞心於道教」，東方朔詼諧滑稽，卻並非道教中人。漢武帝時道教還在醞釀之中，史家通行看法，道教由東漢後期張陵所創，至魏晉南北朝實現整合，說東方朔「洞心於道教」，存在時間錯位。

　　不過，《洞冥記》的內容正如序文所言，記敘的是漢武帝「欲窮神仙之事」。該書以漢武帝為中心，雜記絕域遐方「珍異奇物及道術之人」，道術之人又以東方朔事蹟為詳。其內容與《漢武故事》有一些相同之處，如卷一漢景帝夢赤彘而王夫人生武帝事，西王母駕玄鸞、歌〈春歸樂〉謁武帝事等；在雜記絕域遐方珍異奇物方面，又與《神異經》、《十洲記》有某些相似之處。總之，《洞冥記》兼雜傳體和博物體而有之，或者說它是雜傳體志怪和博物體志怪成立之前的一種混沌形態。

　　漢武帝是一位執著求仙的皇帝，在位超過半個世紀，求仙活動之多、影響之大，秦漢歷代皇帝無人能與他相比。他的求仙活動對漢代神仙信仰的風行有極大的推動作用，同時也為民間仙話增添了新的內容。《洞冥記》所記漢武帝逸事大概只是民間傳說的一小部分。卷一記元光年間（西元前一三四年至西元前一二九年），漢武帝築壽靈壇，壇上列植垂龍之木，似青梧，高十丈，上有露如丹，墜則成珠，枝似垂龍。武帝使董謁開壇迎接西王母。王母至，為之歌〈春歸樂〉，餘音繞梁三匝，連壇旁樹葉也都被歌聲感動。卷三記漢武帝藉懷夢草與死去的李

夫人相會，雖然其文重在宣揚懷夢草的神奇，但漢武帝對李夫人的深情還是楚楚動人。總之，漢武帝「耽於靈怪」、「彌好仙術」，神仙不負有心人，終於給予他各種回報。這與《十洲記》批評漢武帝因貪欲不能得道的立場有很大差別。

《洞冥記》中漢武帝是一位與神仙有緣的君主，而他的近臣東方朔則是一位仙人：

> 東方朔，字曼倩。父張夷，字少平，妻田氏女。夷年二百歲，顏如童子。朔生三日，而田氏死，時景帝三年也。鄰母拾而養之。年三歲，天下祕讖，一覽闇誦於口，常指揮天下，空中獨語。鄰母忽失朔，累月方歸，母笞之。後復去，經年乃歸。母忽見，大驚曰：「汝行經年一歸，何以慰我耶？」朔曰：「兒至紫泥海，有紫水汙衣，仍過虞淵湔浣，朝發中返，何云經年乎？」母問之：「汝悉是何處行？」朔曰：「兒湔衣竟，暫息都崇堂。王公飴之以丹霞漿，兒食之太飽，悶幾死，乃飲玄天黃露半合，即醒。既而還。路遇一蒼虎，息於路傍。兒騎虎還，打捶過痛，虎嚙兒腳傷。」母悲嗟，乃裂青布裳裹之。朔復去家萬里，見一枯樹，脫布挂於樹。布化為龍，因名其地為布龍澤。朔以元封中遊蒙鴻之澤，忽見王母採桑於白海之濱。俄有黃眉翁指阿母以告朔曰：「昔為吾妻，托形為太白之精，今汝此星精也。吾卻食吞氣，已九千餘歲，目中瞳子，色皆青光，能見幽隱之物，三千歲一反骨洗髓，二千歲一刻肉伐毛。自吾生，已三洗髓五伐毛矣。」

與《史記》、《漢書》關於東方朔的文字比照，此文的描述完全是無稽之談，但以文學視角觀之，乃不失為一篇動人的故事。與《列仙傳》對東方朔的描述相比，此文則更富情節性。紫泥海是傳說中日出的地方，李白〈古風〉（四十一）「朝弄紫泥海，夕披丹霞裳」，用的就是這個典故。虞淵則是日落的地方，陶潛〈讀山海經〉：「夸父誕宏志，乃與日競走。俱至虞淵下，似若無勝負。」東方朔朝夕之間來往於宇宙東西兩極，「朝發中返」，人間已是「經年」，仙界的空間和時間與人間世界迥然不同，這種超現實意象無疑為後世小說創作提供了想像的空間。

《洞冥記》的地理視野有了明顯的開拓。自漢武帝打開通往西域的道路之後，與中亞、西南亞乃至羅馬帝國均建立了連繫。張騫於建元三年（西元前一三八年）、元狩四年（西元前一一九年）兩次出使西域，到達大宛（今烏茲別克費爾干納）、康居（今哈薩克境內）、大月氏（今中亞地區，東起外阿賴山，西至阿姆河，又跨河而南，兼有布哈拉及阿富汗北境）等國，此後漢武帝連年派遣使節出訪，交往的國家包括安息（波斯）、身毒（印度）、大秦（黎軒，又作犂軒，羅馬帝國之埃及亞歷山大城）等。絲綢之路把東方文化帶到西方，也把西方文化傳到中國。西域的許多動植物是中土沒有的，西域的風土習俗也使中國人大開眼界，由此而生的傳說伴著神仙方術觀念在民間不脛而走。《十洲記》有所記錄，而《洞冥記》則描述得更多，也更

為細膩。如卷二寫勒畢國細鳥：

> 元封五年，勒畢國貢細鳥，以方尺之玉籠盛數百頭，形如
> 大蠅，狀似鸚鵡，聲聞數里之間，如黃鵠之音也。國人常
> 以此鳥候時，亦名日候日蟲。帝置之於宮內，旬日而飛盡，
> 帝惜，求之不復得。明年，見細鳥集帷幕，或入衣袖，因名
> 蟬。宮內嬪妃皆悅之，有鳥集其衣者，輒蒙愛幸。至武帝
> 末，稍稍自死，人猶愛其皮。服其皮者，多為丈夫所媚。。

勒畢國不只鳥細，人也小，「勒畢國人長三寸，有翼，善言
語戲笑，因名善語國」（卷二）。這個小人國的想像很奇特，只
可惜沒有後續之作，否則當有如十八世紀英國斯威夫特《格列
佛遊記》那樣的小說。《洞冥記》寫細鳥，有明顯的方術指向，
女人親近它就可以獲得男人的愛，它具有方術的功能。如果換
一個角度，這細鳥被鍾愛，又多少反映了宮闈嬪妃的寂寞淒苦
心態。

卷二寫吠勒國人乘象入海得泣珠，也寫得綺麗動人：

> 吠勒國貢文犀四頭，狀如水兕，角表有光，因名明犀。置暗
> 中有光影，亦日影犀。織以為簟，如錦綺之文。此國去長安
> 九千里，在日南。人長七尺，被髮至踵，乘犀象之車。乘象
> 入海底取寶，宿於鮫人之舍，得淚珠，則鮫所泣之珠也，亦
> 日泣珠。

鮫人泣淚成珠，涵芬樓一百卷本《說郛》卷四所錄較簡略：

「跂踵國常有蛟人，宿其舍，既去，泣別所望墮淚皆成珠。」今通行本如此鋪張，或經六朝文人潤飾。泣淚成珠，想像奇特，且寓有情感，富於詩意。後來張華《博物志》卷九對此又有引申：「南海外有鮫人，水居如魚，不廢織績，其眼能泣珠。從水出，寓人家，積日賣綃。將去，從主人索一器，泣而成珠滿盆，以與主人。」泣珠以報答主人，更增添了一點故事性。

《洞冥記》筆觸細膩，其文學性要強於《十洲記》。卷四寫宮人麗娟，為形容她的美，不惜調動了視覺、觸覺、聽覺和嗅覺，從不同方面進行描繪：

> 帝所幸宮人，名麗娟，年十四，玉膚柔軟，吹氣勝蘭。不欲衣纓拂之，恐體痕也。每歌，李延年和之，於芝生殿唱回風之曲，庭中花皆翻落。置麗娟於明離之帳，恐塵垢汙其體也。帝常以衣帶繫麗娟之袂，閉於重幕之中，恐隨風而去也。麗娟以琥珀為佩，置衣裾裏，不使人知，乃言骨節自鳴，相與為神怪也。。

形容她玉質凝膚，說「纓拂恐傷為痕」，「常致娟於明離之帳，恐垢汙體也」；形容她體態輕盈，說就寢必「以衣帶繫麗娟之袂，閉於重幕之中」，怕她隨風飄去；形容她歌聲婉轉，說「庭中花皆翻落」；形容她體香氣馥，說她「吹氣勝蘭」。俗話說「美如天仙」，麗娟當之無愧，所以「相與為神怪也」。此文描摹女性的要件為後世文學繼承，成為中國傳統女性美的重要指標。

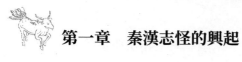

第一章　秦漢志怪的興起

第二章
魏晉志怪的發展

第一節　魏晉方術的演變與鬼話的興起

秦漢方術基本上是溝通帝王與神仙或者是使帝王貴冑飛升為神仙的「神仙術」。秦漢歷代帝王希求成仙，網羅無數方士，卻沒有一個成了神仙的。方士們對此的辯解是，帝王不能省欲去奢。《十洲記》月支國使者說漢武帝「貪色」、「奢侈」、「乃非有道之君」；東漢曾獻神書的襄楷，指漢桓帝「嗜欲不去，殺罰過理」[01]，都是把不能成仙的責任推卸給帝王心性不修。不管方士們如何巧於辭令，終究不能掩蓋帝王未能成仙的事實。陷於危機的方術要繼續生存下去，必須有所變革。

首先，方士們對成仙術作了新的詮釋，不再只強調肉身成仙，因而也不再輕易許諾幫助人主去見仙人和求取不死之藥。東漢末成書的《太平經》說：「夫物生者，皆有終盡，人生亦有死，天地之格法也。」[02]遂有「屍解」之說。所謂「屍解」，即人死而後生。把肉身和精神分開，精神可以離開肉身，肉體雖朽，精神卻可以飛升成仙。這種建立在形神二元論基礎上的成仙術，當然比肉身不死之說要聰明許多，也具有更大的誘惑力。方士們也不放棄舊說，仍堅持說人可白日飛升，不過比「屍解」更難。「屍解」，「百萬之人，乃出一人耳」，而白日飛升，「百

01　《後漢書》卷三十下〈襄楷傳〉。

02　王明：《太平經合校》，中華書局 1960 年版，第 341 頁。

萬之人，未有一人得者也」。[03]

　　這個時期的方術，一部分與黃老思想結合，吸收宗天神學、讖緯神學等有影響的神學思潮，逐漸形成以「道」為統率的思想體系，走上宗教化的道路；另一部分仍然熱衷於求仙活動，把巫覡禮儀技藝化，方士技藝有的演化為音樂、雜伎、幻術，有的演化為醫術。方術經過一番變革之後，在魏晉時代仍然具有強大的吸引力和影響力。

　　曹操父子均不相信神仙之說，但他們鑑於太平道發動黃巾起義的教訓，也把天下著名方士招納於鄴下。張華《博物志》卷五記錄魏王所集方士有華佗、費長房、左慈等數人，曹植在〈辯道論〉中說：「世有方士，吾王悉所招致，甘陵有甘始，廬江有左慈，陽城有郤儉。始能行氣導引，慈曉房中之術，儉善辟穀，悉號三百歲。卒所以集之於魏國者，誠恐斯人之徒，接奸宄以欺眾，行妖慝以惑民，豈復欲觀神仙於瀛洲，求安期於海島，釋金輅以履雲輿，棄六驥而美飛龍哉？自家王與太子及余兄弟咸以為調笑，不信之矣。」[04]

　　魏晉方術的變化，還包括方術中吸納了鬼神觀念。鬼神的觀念，在上古初民的意識裡就已萌生。人死以後如何？人類對死亡的困惑，很自然會產生靈魂的觀念。靈魂存在就意味著生

03　王明：《太平經合校》，中華書局 1960 年版，第 596 頁。

04　《三國志》第三冊卷二十九《魏書·方技傳》注引〈辯道論〉，中華書局 1959 年版，第 805 頁。

命可以永恆，這也許是慰藉死亡恐懼心理的最佳藥方。氏族社會部落墓葬群中有殉葬物，雖然簡單，但也說明那時人們的觀念中，認為人死以後是到另一個世界去，因而應該帶走對他們有用的東西。這裡就隱含著靈魂觀念。

「鬼」，象形，為臉上蓋著東西的死人。許慎《說文解字》釋「鬼」為「人所歸為鬼」[01]，王充《論衡·論死》也說「鬼者，歸也」[02]。「歸」為何意？即人死歸葬。所以，《老子》曰：「以道莅天下，其鬼不神。」[03]

鬼即歸，神指顯於陽間的靈。老子的意思是說，以「道」治天下，死人歸於陰，就不會變成鬼到陽間來遊蕩。老子所謂顯於陽間的靈魂，接近後世「鬼」的概念。

先秦鬼的概念並不統一，墨子有〈明鬼〉篇，他認為鬼神一體，有知，能賞賢罰暴。這種鬼神一體的觀念在當時有廣泛的代表性。《禮記·表記》說「殷人尊神，率民以事神，先鬼而後禮」，也視鬼神為一體。殷人遇大事，必定要占卜以求鬼神的旨意。周人尊禮，雖不似殷人那麼迷信，但對祖宗的祭祀實質上也是對鬼神的崇拜，祖宗也就是保護自己氏族的鬼神。商周時代，百姓不能接近鬼神，鬼神的旨意由巫覡來傳達。

戰國時代鬼神觀念有了變化。墨子鼓吹有神論，為證明鬼

01　許慎：《說文解字》，中華書局 1963 年版，第 188 頁。

02　王充：《論衡》，《諸子集成》第七冊，上海書店出版社 1986 年版，第 202 頁。

03　陳鼓應：《老子注譯及評介》，中華書局 1984 年版，第 299 頁。

神的存在，他在〈明鬼〉篇舉出歷史上的五條實例。其中第四例
講宋文君時一次祭典上，有鬼神附於巫者的持杖，質問司祭觀
辜：為什麼用以祭祀的圭璧不夠度量，酒醴不潔淨，犧牲不全
肥？觀辜回答說：國君還是孩童，如何知道這些，責任在我。
鬼神於是便用持杖將觀辜打死在祭壇上。鬼神無形，其意志完
全由巫者執行。五例中有三例是講鬼神也可以顯形。一是敍杜
伯被周宣王冤殺三年後顯身，「乘白馬素車，朱衣冠，執朱弓，
挾朱矢」，射殺周宣王於車上；二是敍鄭穆公在廟中白日見鬼
神，那鬼神人首鳥身；三是敍莊子儀被燕簡公殺害一年後顯身，
他「荷朱杖」捶斃燕簡公於車上。[04]

　　《左傳》有不少關於鬼神的記載，引人注目的是「強死者為
鬼」之說。鄭伯有在魯襄公三十年被子晳、駟帶、公孫段所殺，
九年後，伯有鬼魂在鄭國出現，向駟帶、公孫段索命，引得鄭
國人惶恐不安。趙景子問子產：「伯有猶能為鬼乎？」子產回答
說：「能。人生始化曰魄，既生魄，陽曰魂。用物精多則魂魄
強，是以有精爽至於神明。匹夫匹婦強死，其魂魄猶能憑依於
人，以為淫厲，況良宵（伯有）……其用物也弘矣，其取精也
多矣，其族又大，所憑厚矣。而強死，能為鬼，不亦宜乎！」[05]

　　子產認為人都有魂魄，魂魄依附於軀體，但並不隨軀體朽

04　詳見《諸子集成》第四冊《墨子閑詁》，上海書店出版社 1986 年版，第 139—145 頁。
05　《左傳昭公七年》，《春秋左傳注》第四冊，中華書局 1990 年版，第 1292—1293 頁。

爛而消失；人的魂魄有強弱之別，決定強弱的是此人家族大小、富貴程度。魂魄強弱固然重要，但決定他成不成鬼並不在此，而在「強死」與否。「強死」指非自然死亡，通常指被冤殺、戰死、自盡、夭折等。按這個理論，作為貴族的伯有，魂魄當然強，但關鍵在他被殺死，是為「強死」，故能化為厲鬼報仇。「強死者為鬼」之說大概也不是《左傳》作者的創造，此前已流傳這種說法。二十世紀在甘肅、河南、山東等地出土的商代以來墓葬中有「俯身葬」的情況，俯身葬就是將死者俯身埋葬，死者許多是身首分離，顯然是被斬首，俯身葬者均為「強死」無疑。將其俯身埋葬，其實是一種消除災邪的迷信方法，防止他們變成厲鬼，其背後的意識便是「強死者為鬼」。《晉書·武悼楊皇后傳》記西晉惠帝皇后賈氏害死她的婆婆楊太后，害怕楊太后變鬼報復，便「覆而殯之，施諸厭劾、符書、藥物」[06]。可見「強死者為鬼」之說影響深遠。

　　王充曾詰難「強死者為鬼」之說。他在《論衡·死偽》中說，強死者為鬼，為什麼比干、子胥不為鬼？春秋時弒君三十六，君為所弒，可謂強死，然而三十六君無為鬼者，何以解釋？王充的質疑，恰好證明「強死者為鬼」之說作為理論既不嚴密，也不徹底。

06　詳見吳世昌《略論我國古代俯身葬問題》，《羅音室學術論著》第 1 卷，中國文聯出版公司 1984 年版，第 190—203 頁。

鬼論作為一種理論的成立當在漢末。顧炎武《日知錄》說：

嘗考泰山之故，仙論起於周末，鬼論起於漢末。《左氏》、《國語》未有封禪之文，是三代以上無仙論也。《史記》、《漢書》未有考鬼之說，是元（漢元帝）、成（漢成帝）以上無鬼論也。〈鹽鐵論〉云：「古者庶人，魚菽之祭，士一廟，大夫三，以時有事於五祀，無出門之祭。今富者祈名岳，望山川，椎牛擊鼓，戲倡舞像。」則出門進香之俗已自西京而有之矣。自哀（漢哀帝）、平（漢平帝）之際，而讖緯之書出，然後有如《遁甲開山圖》所云：「泰山在左，亢父在右，亢父知生，梁父主死。」《博物志》所云：「泰山一曰天孫。言為天帝之孫，主召人魂魄，知生命之長短者。」其見於史者，則《後漢書‧方術傳》：「許峻自云：『嘗篤病三年不愈，乃謁泰山請命。』」〈烏桓傳〉：「死者神靈歸赤山，赤山在遼東西北數千里，如中國人死者魂神歸泰山也。」《三國志‧管輅傳》謂：「其弟辰曰：『但恐至泰山治鬼，不得治生人，如何？』」而古辭〈怨詩行〉云：「齊度遊四方，各系泰山錄。人間樂未央，忽然歸東岳。」陳思王〈驅車篇〉云：「魂神所繫屬，逝者感斯徵。」劉楨〈贈五官中郎將詩〉云：「常恐遊岱宗，不復見故人。」應璩〈百一詩〉云：「年命在桑榆，東岳與我期。」然則鬼論之興，其在東京之世乎？[07]

　　顧炎武把鬼論成立的分水嶺定在泰山為陰司之說的出現上，是有道理的。人死靈魂統歸於泰山，泰山府君統轄一切鬼

魂，這就使鬼論獲得了理論的徹底性。無論是否「強死」，人死都有靈魂，這靈魂便是鬼。他是泰山府君的臣民，不再兼有賞善罰暴的神的職能，從而與神分離。漢代和漢代以前的志怪書，記錄有神話、仙話的傳說，就是沒有鬼話，事實也證明了顧炎武鬼論起於漢末的論斷。漢末魏晉，志怪書中鬼的故事開始出現並發展。

第二節　曹丕《列異傳》

《列異傳》三卷，《隋書‧經籍志》史部雜傳類著錄，雜傳類小序云：「魏文帝又作《列異傳》，以序鬼物奇怪之事。」原書已佚。魯迅輯佚五十條，收在《古小說鈎沉》，這就是今存較完備的本子了。

關於《列異傳》的作者，一說曹丕，一說張華。曹丕之說在前，認為作者是魏文帝曹丕的不止《隋書》一書，《後漢書》卷一下〈光武帝紀〉下李賢注，虞世南《北堂書鈔》卷一五八，徐堅《初學記》卷二十六、卷二十八等對曹丕的著作權均無異詞。初唐至盛唐時《列異傳》尚未散佚，他們的說法較為可信。北宋編撰《唐書》時，《列異傳》可能已非全帙，其中有後來的作品竄入，曹丕卒於魏黃初七年（西元二二六年），但《古小說鈎沉》輯佚本之第四十六條王臣事在景初（西元二三七年至西元二三九年）中，第四十七條王周南事在正始（西元二四〇年至西

元二四九年）中，第三十三條弦超事在嘉平（西元二四九年至西元二五四年）中，第九條公孫達事、第十條鬼神欒侯事均在甘露（西元二五六年至西元二六〇年）中，都是曹丕身後之事，懷疑作者並非曹丕也是事出有因。要是考慮古書傳播情形，魏晉著作經過戰亂大多都殘缺不全，傳抄和輯佚都容易發生錯誤，將後人之作竄入，不為罕見。姚振宗《隋書經籍志考證》曾推測兩《唐志》改題張華，是因為「張華續文帝書，而後人合之」，但張華續曹丕書之事沒有憑據，也只能算是猜測之詞。總之，我們不能因該書有後人竄入之作來否定原書作者，應維持曹丕的著作權。

曹丕（西元一八七年至西元二二六年），字子桓，曹操次子。其異母長兄曹昂戰死於建安二年（西元一九七年），由是他在兄弟中便位居於長。建安十六年（西元二二一年）為五官中郎將、副丞相，二十二年（西元二一七年）被立為魏世子，二十五年（西元二二〇年）曹操病逝，嗣位魏王，同年受漢獻帝「禪讓」，以魏代漢，年號黃初。黃初七年（西元二二六年）去世，諡「文」，後世稱他魏文帝。

曹丕年少能文，有逸才，博貫古今經傳諸子百家之書，能文亦能武，善騎射，好擊劍，他在《典論·自敘》中便以自己的騎射劍擊為驕傲。建安九年（西元二〇四年），曹操攻占鄴城，此後十六年間，他都是以王子身分留守鄴城，在政治、軍事、

後勤各方面協助和支持前方的曹操。曹氏父子並重文武，曹丕更明確提出文章是「經國之大業，不朽之盛事」[08]，他致書王朗說：「生有七尺之形，死唯一棺之土，唯立德揚名，可以不朽，其次莫如著篇籍。」[09]

　　漢末經董卓之亂，圖書文籍遭滅頂之災，曹丕十分重視「採掇遺亡」的工作，組織文人編輯大型類書《皇覽》，曹丕自己也致力著述，《隋書‧經籍志》著錄有集十卷，惜原書已佚，明人張溥《漢魏六朝百三名家集》收《魏文帝集》二卷，清人丁福保《漢魏六朝名家集》收《魏文帝集》六卷，都不是全帙。《列異傳》志怪之類，被時人輕視，散佚較早，不見於上述輯本之中。

　　曹氏父子並不相信神仙方術，但鄴下卻聚集了一大批方士菁英。曹氏父子招納方士，當然是為了自己的政治利益。方術的某些門類，如醫學、音樂之類，是生活中不可或缺者。精通醫藥的華佗，雅知樂理的杜夔，均受到曹操的重用。鼓吹長生和神仙的方士，曹氏父子亦與他們探討方術的奧祕。方士的誇誇其談一定為曹丕作《列異傳》提供了不少素材。另外，鄴下還聚集了一批儒生士人，為編撰大型類書《皇覽》搜集大量文獻，這些文獻中必定會有志怪之類的冊籍，《列異傳》利用前人的文字也是很自然的事情。

08　《典論‧論文》，《文選》卷五十二，上海古籍出版社 1986 年版，第 2271 頁。

09　《三國志》第一冊卷二《魏書》二〈文帝丕〉，中華書局 1959 年版，第 88 頁。

神仙方術在當時是一個時尚熱門的話題，曹丕《典論》曾描述過人們對方術趨之若鶩的情形，曹丕編撰《列異傳》不足為怪。他在《典論》中說：

> 光和中，北海王和平亦好道術，自以當仙。濟南孫邕少事
> 之，從至京師。會和平病死，邕因葬之東陶。有書百餘卷，
> 藥數囊，悉以送之。後弟子夏榮言其屍解。邕至今恨不取其
> 寶書仙藥。劉向惑於《鴻寶》之說，君游眩於子政之言，古
> 今愚謬，豈唯一人哉！[10]

　　曹丕稱方術為「愚謬」，可見他並不迷信。他的〈折楊柳行〉云：「彭祖稱七百，悠悠安可原。老聃適西戎，於今竟不還。王喬假虛辭，赤松垂空言。達人識真偽，愚夫好妄傳」，也表達了同樣的立場。他之所以編撰《列異傳》，不在發明神道，志異而已。

　　《列異傳》今存的五十條佚文中，神仙精怪之事固然有之，卻沒有方術和宗教色彩濃厚的如行炁、服藥成仙得道的故事，沒有佛教傳入的生死輪迴、因果報應的故事，也沒有當時流行的「譴告」的故事，五十條佚文當然不能代表全書，但也足以說明《列異傳》有不同於一般志怪書的特質。

　　《列異傳》寫鬼神妖怪，但敘述中卻較少鬼氣妖氣。人與鬼怪衝突，不是鬼怪折服吞噬了人，反而是人克服和戰勝了

10　《三國志》第三冊卷二十九《魏書》二十九〈方技傳〉裴注，中華書局 1959 版，第
　　805 頁。

鬼怪。這種傾向，大概與文學上的建安風骨相關聯。魯迅《古小說鉤沉》所輯《列異傳》第四條秦文公伐倒南山妖樹，第七條魏公子令妖鶹低頭服罪，第八條魯少千救楚王少女除妖蛇，第十二條壽光侯劾百鬼眾魅，第十五條費長房喝斥妖魅，第二十六條湯蓋有譴劾百鬼法，第二十七條何文除妖得金銀，第二十八條定伯賣鬼，第四十三條劉伯夷力擒狸妖，第四十五條彭城男子活捉鯉魚精，第四十七條王周南鎮壓鼠妖等，都是人不怕鬼、人能制鬼的故事。其中第二十八條宗定伯賣鬼的故事尤有幽默感：

> 南陽宋定伯，年少時，夜行逢鬼。問曰：「誰？」，鬼曰：「鬼也。」鬼曰：「卿復誰？」定伯欺之，言：「我亦鬼也。」鬼問：「欲至何所？」答曰：「欲至宛市。」鬼言：「我亦欲至宛市。」共行數里，鬼言：「步行太極，可共迭相擔也。」定伯曰：「大善。」鬼便先擔定伯數里。鬼言：「卿太重，將非鬼也？」定伯言：「我新死，故重耳。」定伯因復擔鬼，鬼略無重。如是再三。定伯復言：「我新死，不知鬼悉何所畏忌？」鬼答曰：「唯不喜人唾。」於是共行，道遇水，定伯命鬼先渡，聽之，了無聲。定伯自渡，漕漼作聲。鬼復言：「何以作聲？」定伯曰：「新死不習渡水耳，勿怪！」行欲至宛市，定伯便擔鬼至頭上，急持之，鬼大呼，聲咋咋，索下，不復聽之。徑至宛市中，著地化為一羊，便賣之。恐其變化，唾之，得錢千五百，乃去。當時有言：「宗定伯賣鬼，

得錢千五百。」[11]

　　在敬畏鬼神的時代，定伯賣鬼的故事無疑大長人的志氣。定伯遇鬼不驚懼，沉著應對，巧妙周旋，偵知鬼魅弱點，遂擒而制之。本篇敘述，頗有節奏動感，對話簡練傳神，凸顯定伯的機敏和幽默。在早期志怪中，不失為一篇佳作。

　　鬼魅給人的印象總是陰森、猙獰、可怖，人與鬼生死異路，中間總是橫亙著難以逾越的陰陽界限。《列異傳》對鬼魅的描述，基調亦如此。但它也有創新，有些作品中寫鬼魅似若常人，亦秉承常人情感。如談生幽婚：

> 談生者，年四十，無婦，常感激讀《詩經》。夜半有女子，可年十五六，姿顏服飾。天下無雙，來就生為夫婦。乃言我與人不同，勿以火照我也。三年之後，方可照。為夫妻，生一兒，已二歲。不能忍，夜伺其寢後，盜照視之。其腰已上生肉如人。腰下但有枯骨。婦覺，遂言曰：「君負我，我垂生矣，何不能忍一歲而竟相照也？」生辭謝。涕泣不可復止，云：「與君雖大義永離，然顧念我兒。若貧不能自偕活者。暫隨我去，方遺君物。生隨之去，入華堂，室宇器物不凡。以一珠袍與之曰。可以自給。裂取生衣裾，留之而去。後生持袍詣市，睢陽王家買之，得錢千萬。王識之曰。是我女袍，此必發墓。乃取拷之。生具以實對，王猶不信。乃視女冢，冢完如故。發視之，果棺蓋下得衣裾。呼其兒，正類

11　《列異傳》引文皆引自魯迅《古小說鉤沉》，下不再注。

王女，王乃信之。即召談生，復賜遺衣。以為主壻。表其兒
以為侍中。

睢陽王女是墓中幽靈，她主動就婚於談生，生下一子，與
談生不得不分離時依依難捨，在在表現了一位女子的柔情。她
不是人間少女，卻勝似人間少女。人鬼戀的題材，其後《搜神
記》有〈紫玉〉、〈駙馬都尉〉、〈崔少府墓〉、〈鐘繇〉，《戴祚甄
異傳》有〈秦樹〉，《搜神後記》有〈李仲文女〉等，形成小說的
重要母題

復仇的故事，以干將莫邪最為膾炙人口：

干將莫邪為楚王作劍，三年而成。劍有雄雌，天下名器也，
乃以雌劍獻君，藏其雄者。謂其妻曰：「吾藏劍在南山之陰，
北山之陽；松生石上，劍在其中矣。君若覺殺我。爾生男，
以告之。」及至君覺，殺干將。妻後生男，名赤鼻，告之。
赤鼻斫南山之松，不得劍；忽於屋柱中得之。楚王夢一人，
眉廣三寸，辭欲報讎。購求甚急，乃逃朱興山中。遇客，欲
為之報；乃刎首，將以奉楚王。客令鑊煮之，頭三日三夜跳
不爛。王往觀之，客以雄劍倚擬王，王頭墮鑊中；客又自
刎。三頭悉爛，不可分別，分葬之，名曰三王冢。

干將莫邪的故事在民間傳誦已久，西漢劉向的《列士傳》即
有記載，見《北堂書鈔》卷一二二、《太平御覽》卷三四三所引，
文字有異，但故事完全相同。將《列異傳》與《列士傳》所記故
事的文字比較，《列異傳》基本照錄前載，未作大的修飾和改

動。《列異傳》所記復仇和不屈故事不只干將莫邪一種，還有蘇娥冤魂告狀，以及《古小說鉤沉》失輯的韓憑夫婦死後化為相思樹的故事（《藝文類聚》卷九十二引）。這類故事多悲愴慷慨之氣，與建安風骨同調。

《列異傳》還有作品描述了陰府世界。人死歸於陰府，陰府是何模樣呢？對此，世界上古老民族各有各的回答。古埃及傳說統管死者的主神阿努比斯（Anubis）是胡狼頭人身，人死之後到他的王國，把心放到他巨大的天平上，用正義（羽毛）衡量，若不合格，立即被等待在旁的長著鱷魚頭、獅子的上身和河馬後腿的怪物「阿米特（Ammit）」所吞噬。

而《列異傳》卻作了別樣的回答，「蔣濟亡兒」和「蔡支」都描繪了陰府，但不像古埃及傳說那樣恐怖，它與人間世界無甚差別，城郭屋舍、官民人等，基本上是人間世界的投影。試看「蔣濟亡兒」：

蔣濟為領軍，其妻夢見亡兒涕泣曰：「死生異路！我生時為卿相子孫，今在地下為泰山伍伯；憔悴困辱，不可復言。今太廟西謳士孫阿今見召為泰山令，願母為白侯屬阿，令轉我得樂處」言訖，母忽然驚寤。明日以白濟，濟曰：「夢為爾耳，不足怪也。」明日莫，復夢曰：「我來迎新君，止在廟下；未發之頃，暫得來歸。新君明日日中當發，臨發多事，不復得歸。永辭於此。侯氣彊難感悟，故自訴於母。願重啟侯，何惜不一試驗也。」遂道阿之形狀，言甚備悉。天明，

母重啟侯曰：「昨又夢如此，雖云夢不足怪，此何太適適，亦何惜不一驗之。」濟乃遣人詣太廟下推問孫阿，果得之；形狀證驗，悉如兒言？濟涕泣曰：「幾負吾兒！」于是乃見孫阿，具語其事。阿不懼當死，而喜得為泰山令，惟恐濟言不信也。曰：「若如節下言，阿之願也。不知賢子欲得何職？」濟曰：「隨地下樂者與之。」阿曰：「輒當奉教！」乃厚賞之。言訖，遣還，濟欲速知其驗，從領軍門至廟下，十步安一人，以傳阿消息。辰時傳阿心痛，巳時傳阿劇，日中傳阿亡。濟泣曰：「雖哀吾兒之不幸，且喜亡者有知。」後月餘。兒復來，語母曰：「已得轉為錄事矣。」

「伍伯」是官府中的役卒，多為輿衛前導或執杖行刑，世人視為賤役。蔣濟亡兒不堪其苦，求父親疏通關係，在陰府換一個舒適而體面的差事。陰府與人間沒有差別。

另一篇「蔡支」敘蔡支迷路進入陰間，「至岱宗山下，見如城郭……見一官，儀衛甚嚴，具如太守」，根本沒有覺察自己已經身處鬼的世界，足見陰府與陽間沒有顯著的不同。人死歸於泰山陰府，乃是佛教「地獄」之說尚未完全影響中土時的說法。蔣濟是曹魏重臣，曹丕在位時為東中郎將，徵為尚書，徙為領軍將軍並進爵昌陵亭侯，已是曹丕去世之後的事情。此文稱他「領軍」、「侯」，顯然不會是曹丕的手筆。

《列異傳》當然不能算是曹丕的創作，他只是輯錄了當時流傳的神仙鬼怪的故事，文本也許只是曹丕門下文士根據他的旨

意編輯寫定。《列異傳》貫徹了曹丕的意志，把它列入曹丕的名下亦無不可。它與稍後的《搜神記》雖然同屬志怪，某些篇什也相近似，但總體思想顯有差異，說明《列異傳》確實在一定層面上展現了曹丕的個人特色。

第三節　博物志怪書

博物志怪書得名於《博物志》，它們上承《山海經》、《十洲記》等，主要記載山川地理、異物異人等奇聞雜說。

《博物志》

《隋書・經籍志》雜家類著錄十卷，《晉書》卷三十六〈張華傳〉稱「華著《博物志》十篇，及文章並行於世」。王嘉《拾遺記》卷九記《博物志》編撰過程甚詳，茲錄如下：

> 張華，字茂先，挺生聰慧之德，好觀祕異圖緯之部，捃採天下遺逸，自書契之始，考驗神怪，及世間閭里所說，造《博物志》四百卷，奏於武帝（司馬炎）。帝詔詰問：「卿才綜萬代，博識無倫，遠冠羲皇，近次夫子，然記事採言，亦多浮妄，宜更刪翦，無以冗長成文！昔仲尼刪《詩》、《書》，不及鬼神幽昧之事，以言怪力亂神；今卿《博物志》，驚所未聞，異所未見，將恐惑亂於後生，繁蕪於耳目，可更芟截浮疑，分為十卷。」即於御前賜青鐵硯，此鐵是于闐國所出，獻而鑄為硯也；賜麟角筆，以麟角為筆管，此遼西國所獻；

側理紙萬番，此南越所獻。後人言「陟里」，與「側理」相
亂，南人以海苔為紙，其理縱橫邪側，因以為名。帝常以
《博物志》十卷置於函中，暇日覽焉。[12]

王嘉此說一向被指為杜撰。《四庫全書總目》據今本《博物
志》卷四「物性類」中，「稱『武帝泰始中武庫火』，則武帝以後
語矣」[13]。《博物志》原本早已散佚，今本經人改動，或有後人
之作竄入，都極有可能，僅憑一篇文中稱司馬炎廟號「武帝」，
便指全書作於武帝之後，未免有武斷之嫌。今人余嘉錫《四庫
提要辨證》更指《拾遺記》「杜撰無稽，殆無一語實錄」[14]，則
該書所記張華撰《博物志》始末當然屬於虛妄了。這些質疑都
可備一說。不過，王嘉之說除了司馬炎與張華對話無以證實之
外，說張華「捃採天下遺逸，自書契之始，考驗神怪，及世間
閭里所說」，撰成《博物志》，考之文本，此說法還是合理的。

《博物志》原本久已散佚，今存本大約由後人從《北堂書
鈔》、《藝文類聚》、《初學記》、《法苑珠林》、《太平御覽》等
書輯佚而成。當下的整理本有范寧《博物志校證》（中華書局
一九八〇年版）和唐久寵《博物志校釋》（學生書局一九八〇年
版）。前者以《祕書二十一種》本作底本，並輯佚文二百一十二
條；後者以《士禮居叢書》本作底本，輯有佚文十三條，這十三

12　王嘉：《拾遺記》，中華書局 1981 年版，第 210—211 頁。

13　《四庫全書總目》卷一四二〈子部·小說家類三〉，中華書局 1965 年版，第 1213 頁。

14　余嘉錫：《四庫提要辨證》卷一八。

條中有十條為范寧本所無。

　　《博物志》卷一、卷二、卷三記山川異域奇異動植物，卷四、卷五記藥物、戲術、服食等象緯方術之說，卷六記人名文籍典章名物，卷七記異聞，卷八記遺史，卷九、卷十記雜說。其實各卷分類並不嚴格，它在體例上追隨《山海經》、《十洲記》，而內容卻更加駁雜瑣碎。因此明代胡應麟說「《博物》，《杜陽》之祖也」[15]。《杜陽》即唐代蘇鶚《杜陽雜編》，此書記唐代宗至懿宗年間傳聞異事。《博物志》內容駁雜瑣碎，故事性稀薄，但富於知識性，開雜俎類志怪的先河。

　　這種知識性的特徵，與編撰者張華個人博學多識有關。張華（西元二三二年至西元三〇〇年），字茂先，范陽方城（今河北固安縣西南）人。《晉書》本傳稱他「學業優博，辭藻溫麗，朗贍多通，圖緯方伎之書莫不詳覽。少自修謹，造次必以禮度。勇於赴義，篤於周急。器識弘曠，時人罕能測之」。他出身庶族，在西晉士族官僚集團中本無立足之地，但他以〈鷦鷯賦〉得到阮籍激賞，聲名被於士林。張華生活在動亂不安的時代。司馬炎廢魏立晉，實行分封制度，立同姓諸王屏藩帝室，分封異姓士族，司馬炎指望皇族勢力與士族勢力互相勾連制約，共同維護晉朝統治。實際情況恰好相反，不只皇族勢力和士族勢

15　胡應麟：《少室山房筆叢》卷二十九〈九流緒論下〉，上海書店出版社 2001 年版，第 283 頁。

力矛盾，整個統治集團的各個重要成員都處在互相猜忌、攘奪的凶險狀態中，政治危機四伏。司馬炎死後一年即爆發八王之亂。庶族出身的張華在皇族和士族的夾縫中雖得到一時的信用，但還是在八王之亂中被趙王司馬倫所殺。張華的時代距曹丕不遠，但世風迥然不同，建安風骨已一去不復返，代之而起的是奢靡、放蕩和頹廢。《文心雕龍》評論西晉詩歌說：「采縟於正始，力柔於建安。或析文以為妙，或流靡以自妍，此其大略也。」[16]

志怪方面，《列異傳》所洋溢的積極進取精神已消失殆盡，《博物志》於「天地之高厚，日月之晦明，四方人物之不同，昆蟲草木之淑妙者，無不備載」[17]，博則博矣，卻缺了慷慨騰湧的文學精神。

《博物志》在記物時有引證一事說明者，引證則略有故事性。如卷三〈異獸類〉之〈猴玃〉：

> 蜀山南高山上，有物如獼猴，長七尺，能人行，健走，名曰猴玃，一名馬化，或曰猳玃。伺行道婦女有好者，輒盜之以去，人不得知。行者或每遇其旁，皆以長繩相引，然故不免。此得男女（疑為「男子」）氣，自死，故取女不取男也。取去為室家，其年少者終身不得還。十年之後，形皆類之，

16　劉勰：《文心雕龍·明詩》。引自周振甫《文心雕龍注釋》，人民文學出版社 1981 年版，第 49 頁。

17　崔世節：〈博物志跋〉，見范寧《博物志校證》附錄，中華書局 1980 年版。

意亦迷惑，不復思歸。有子者，輒俱送還其家，產子皆如人，有不食養者，其母輒死，故無敢不養也。及長，與人無異，皆以楊為姓，故今蜀中西界多謂楊，率皆猴玃、馬化之子孫，時時相有玃爪也。[18]

本文意在說明一種靈長類動物，它不同於一般猴類的是它常常掠取婦女，因敘述掠取婦女過程，而略有一點情節性。《搜神記》卷十二亦有此條，文稍有異。此文「行者或每遇其旁，皆以長繩相引，然故不免」，《搜神記》作「若有行人經過其旁，皆以長繩相引，猶故不免」，「以長繩相引」的主語是猴玃，文意較明確。又此文云「此得男女氣，自死，故取女不取男也」，令人費解；《搜神記》作「此物能別男女氣臭，故取女，男不取也」，意思就清楚了。玃是古代傳說中的靈獸，《抱朴子·勸俗篇》引《玉策記》云：「獼猴壽八百歲變為猿，猿壽五百歲變為玃，玃千歲。」玃盜婦人之說至遲在西漢即有流傳，《焦氏易林》卷一〈坤〉之〈剝〉云：「南山大玃，盜我媚妾。怯不敢逐，退而獨宿。」《博物志》是記敘較為詳備者。其後這個傳說廣為流播，小說中如唐初《補江總白猿傳》、元人《陳巡檢梅嶺失渾家》、明初《剪燈新話》之《申陽洞記》等，都是這一類故事。

張華是相信神仙方術的，《博物志》卷五有他對方術神靈的記載，不過他見多識廣，對於某些詐稱方術的言行亦有所揭

18　范寧校證：《博物志校證》，中華書局 1980 年版。下不再注。

露，這類文字有一定的破除迷信的積極因素。如卷十《天門郡仙谷》：

> 天門郡有幽山峻谷，而其上人有從下經過者，忽然踴出林表，狀如飛仙，遂絕跡。年中如此甚數，遂名此處為仙谷。有樂道好事者，入此谷中洗沐，以求飛仙，往往得去。有長意思人（《太平廣記》作「有智能者」），疑必以妖怪，乃以大石自墜，牽一犬入谷中，犬復飛去。其人還告鄉里，募數十人執杖攜山草伐木至山頂觀之，遙見一物長數十丈，其高隱人，耳如簸箕。格射刺殺之。所吞人骨積此左右有成封（「成封」，《太平廣記》作「如阜」）。蟒開口廣丈餘，前後失人，皆此蟒氣所噏上。於是此地遂安穩無患。

巨蟒伏於山中，以氣吸人而食。但見人踴出林表，以為飛仙，稱此處為仙谷。幸有不迷信者勇於探求真相，終於揭開了事實的本來面目。此篇敘事頗有懸疑手法。不過，如此巨蟒，有耳如簸箕，也只是傳說中的動物而已。

想像奇特、情思優美的作品當數卷十所記〈八月槎〉：

> 舊說云：天河與海通。近世有人居海渚者，年年八月有浮槎去來，不失期。人有奇志，立飛閣於槎上，多齎糧，乘槎而去。十餘日中猶觀星月日辰，自後芒芒忽忽，亦不覺晝夜。去十餘日，奄至一處，有城郭狀，屋舍甚嚴。遙望宮中多織婦，見一丈夫牽牛，渚次飲之。牽牛人乃驚問曰：「何由至此？」此人具說來意，並問此是何處。答曰：「君還至蜀郡，訪嚴君平則知之。」竟不上岸，因還如期。後至蜀，問

君平，日：「某年月日有客星犯牽牛宿。」計年月，正是此
人到天河時也。

人們仰望星空，總會浮想聯翩，那一條橫亙太空的銀河更
是令人神往。《詩經・小雅・大東》云：「維天有漢，監亦有
光。跂彼織女，終日七襄。……睆彼牽牛，不以服箱。」，「漢」
指天河，天河與織女牽牛的傳說早已有之，此篇寫有人乘槎抵
達天空，然不自知，返回地面詢問蜀郡神卜嚴君平，方恍然大
悟。構思巧妙，文筆飄逸，寄託了對宇宙玄奧無限的慨嘆。

《博物志》體制上承《山海經》、《神異經》和《十洲記》
而有所發展，它把典章文籍名物等知識性內容納入書中，是志
怪書，卻又不是純粹的志怪書，為後來的雜俎類志怪開闢了道
路。它在文學上不及《列異傳》，但它開創的雜記博物體卻有很
強的生命力，後繼者如宋代李石《續博物志》、林登《續博物
志》，明代遊潛《博物補志》、董斯張《廣博物志》，清代徐壽基
《續廣博物志》等。張華也成為傳說中的睿智學者。

《玄中記》

晉代同為博物志怪的還有《玄中記》。唐代徐堅《初學
記》引《玄中記》題《郭氏玄中記》，郭氏即郭璞。郭璞（西元
二七六年至西元三二四年），字景純，河東聞喜（今屬山西）人。
《晉書》卷七十二有傳。郭璞少習經術，博學有高才，好古文奇

第二章　魏晉志怪的發展

字，精於陰陽曆算，善於卜筮。西晉末曾參王導軍事，入東晉後，因善卜筮見重於晉元帝，為著作佐郎，遷尚書郎。晉明帝時被大將軍王敦取為記室參軍。王敦欲舉兵謀反，使郭璞筮，郭璞曰無成，觸怒王敦被殺。王敦亂平，追贈弘農太守。郭璞是一位文學家，所著〈江賦〉，其辭甚偉，為世所稱。其賦作有〈南郊賦〉、〈流寓賦〉、〈鹽池賦〉、〈蜜蜂賦〉等。《文心雕龍》論魏晉賦列舉八家，東晉二家即郭璞和袁宏。他的遊仙詩今存完整者十首。曹丕不信神仙，作遊仙詩是另有寄託；郭璞是信仰神仙的，《文心雕龍》稱他的遊仙詩「挺拔而為俊」，在東晉詩壇上有重要地位。郭璞如張華，也是一位博學之人。他在中國文化上的貢獻要數他對《爾雅》、《方言》和《山海經》的注釋。郭璞作注，態度嚴謹，簡括而確切，後儒雖然有所補正，但總體上都沒有超越他。他是古文經學家，兼今文讖緯之學，囿於時代風氣，《晉書》本傳強調他的讖緯之學，竟給他抹上方士色彩，以至模糊了他本來的面目。《隋書·經籍志》著錄郭璞著作甚詳，卻沒有《玄中記》。

《玄中記》原書已佚，今僅存後人輯佚本。較為完備的本子有葉德輝輯《觀古堂所著書》本，輯有六十八則；魯迅《古小說鉤沉》本，輯有七十一則。二本各有優長，可以互參。

郭璞給《山海經》等書作注，搜集了廣博的文獻並採集了大量的傳說，他大概把這些資料中較為玄虛者匯集起來，編撰

成《玄中記》。從今存佚文看，全書大抵包括遠古神話、異域奇聞、山川動植物以及精怪變異等幾個方面。前三類多來源於《山海經》、《括地圖》、《神異經》諸書，文字間或有所差異，內容卻無本質的不同。《玄中記》的特色表現在它對精怪變異的記載，這方面的內容不見於此前的志怪書，在志怪史上，如果說《列異傳》是鬼話的發軔者，那麼《玄中記》則是精怪說的開端。

動物、植物和器物的稟賦具有靈性，幻化變形，乃至於幻變為人形，謂為精怪。精怪之說在先秦已萌芽，《莊子·外物》記宋元君夜半夢見神龜叩門求救，那神龜能托夢給元君，自然是精怪無疑。原始初民認為物我一體，自然萬物與人一樣皆有靈性，故而奉山川萬物和一切不可知的自然力為神祇。精怪幻化變形的傳說在戰國時代就有，如《國語》謂「雀入於海為蛤，雉入於海為蜃」，《山海經·大荒西經》說「蛇乃化為魚」，《竹書紀年》又有「馬化為人」之說。萬物有靈論是精怪說的思想基礎，但精怪幻變為人，還須有別的條件。其一是陰陽五行說，西漢董仲舒將陰陽五行說與傳統儒家學說結合起來，創立了一整套儒家神學體系，天人感應、讖緯之學由是盛行天下，它為精怪變異提供了理論依據。《搜神記》的「五氣變化」就是用木、火、金、水、土五氣作用來解釋萬物變異之由。其二是神仙方術的修練說，人辟穀服氣可以飛升成仙，動植物及無生命之物吸取日月精氣也可以化成人身。其三是鬼話的成立和流行，人

死皆為鬼，物之精靈亦可脫體而昇華。所謂鬼者，老物之精也；物之老者，其精為人。東漢《吳越春秋》卷九就寫有白猿化作袁公與越女比武的故事。精怪傳說大量出現大約是在漢末魏晉時期，《玄中記》沒有記什麼動人的鬼故事，卻敘述了較多的精怪變異傳聞。

《玄中記》所記非生物的精怪有玉精、金精等，生物的精怪較多，樹精、鳥精、鼠精、蟾蜍精、蝙蝠精、狐狸精等。精怪化為人形且富於人情味的當屬「姑獲鳥」：

> 姑獲鳥夜飛晝藏，蓋鬼神類。衣毛為飛鳥，脫毛為女人。一名天帝少女，一名夜行遊女，一名鉤星，一名隱飛。鳥無子，喜取人子養之以為子。今時小兒之衣不欲夜露者，為此物愛以血點其衣為志，即取小兒也。故世人名為鬼鳥，荊州為多。昔豫章男子（按《水經注》卷三十五引作「陽新男子」），見田中有六七女人，不知是鳥，匍匐往，先得其毛衣，取藏之，即往就諸鳥。諸鳥各去就毛衣，衣之飛去。一鳥獨不得去，男子取以為婦。生三女。其母后使女問父，知衣在積稻下，得之，衣而飛去。後以衣迎三女，三女兒得衣亦飛去。今謂之鬼車。[19]

文末「今謂之鬼車」五字，《搜神記》卷十四引用時無，疑為後人之注而竄入正文。姑獲鳥取人子而養之，這個傳說可能由來已久，此文說她是天帝少女，可能從《楚辭‧天問》「女歧

19　《玄中記》文皆引自魯迅《古小說鉤沉》。

無合,夫焉取九子」的女歧演化而來,王逸〈天問〉注云:「女歧,神女,無夫而生九子也。」九子從何而生?姑獲鳥傳說給出了答案。此文極富文學性的是敘述豫章男子藏衣得妻的故事。藏衣得妻後來成為一個故事類型。《敦煌變文集》中句道興《搜神記》記有田崑崙藏毛衣而獲美女為妻,並生子田章的故事。儘管篇幅是《玄中記》的數倍,細節豐富且情節枝蔓,又將鳥寫成是白鶴,但因循《玄中記》之痕跡亦斑斑可辨。這個類型的故事不斷被演繹,演繹得最優美的莫過於《聊齋志異》的〈竹青〉了。

《玄中記》對後世的影響,又不能不提及它對狐精的記述,其文曰:

> 狐五十歲,能變化為婦人,百歲為美女,為神巫,或為丈夫,與女人交接。能知千里外事,善蠱魅,使人迷惑失智。千歲即與天通,為天狐。

此文並無故事性,它對後世文學的影響在於它概括了狐精的幻化和本性。狐在氏族社會大概是某個部族所崇拜的圖騰,這原始圖騰後來演變成部族姓氏。屈原〈天問〉云:「浞娶純狐,眩妻爰謀。何羿之射革,而交吞揆之?」、「浞」即寒浞,是后羿近臣,后羿奪取夏朝政權後沉迷於射獵,寒浞於是殺掉后羿。從屈原的疑問中可知寒浞殺后羿,與謀有力者為他的妻子純狐氏之女玄妻,證明歷史上確乎存在以狐為姓氏的部族。《山海經》多處寫到狐,青丘國的九尾狐已脫去狐的自然形態,似乎

成為巫術中的靈獸。其後作為靈獸的九尾狐又被符命化，成為一種瑞獸。《初學記》卷二十九〈狐第十三〉引《白虎通》說：「狐九尾何？狐死首丘，不忘本也，明安不忘危也。必九尾者何？九妃得其所，子孫繁息也。於尾者何？明後當盛也。」強調狐死首丘，是仁恩之心的象徵。《禮記·檀弓上》曰：「古之人有言曰：狐死正丘首，仁也。」孔穎達「疏」云：「所以正首而向丘者，丘是狐窟穴，根本之處。雖狼狽而死，意猶向此丘，是有仁恩之心也。」唐代白行簡還作有〈狐死正丘首賦〉表彰這種精神。《白虎通》又突出九尾之祥瑞，意謂子孫繁息。傳說大禹在塗山遇九尾狐，娶之為妻，子孫繁息也許由是推衍出來。東漢末，狐的神性蛻化為鬼性，變成精怪。許慎《說文解字》就說「狐，妖獸也，鬼所乘也」。《玄中記》進一步說狐精可幻化成人，強調兩點：一是有黠性，「能知千里外事」，「千歲即與天通」；二是淫性，「善蠱魅，使人迷惑失智」。這兩點似乎成為狐精的定評，後世小說描繪的狐精多多，大都走不出這個特性。

第四節　魏晉志怪集大成之《搜神記》

　　魏晉是志怪繁榮的時代，而繼往開來，對後世文學產生深遠影響，具有里程碑性質的作品就是《搜神記》。

　　《搜神記》的編撰者干寶，字令升，大約生於西晉太康（西

元二八〇年至西元二八九年）中，卒於東晉咸康二年（西元
三三六年）。[20]

　　祖籍新蔡（今屬河南），後徙吳郡海鹽。《晉書》卷八十二
有傳。他的祖父干統，三國時為吳國奮武將軍、都亭侯。父親
干瑩，曾任丹陽丞。干寶博學多才，西晉末以才器召為佐著作
郎，又因平杜弢之亂有功，賜爵關內侯。東晉初以著作郎領國
史，著《晉紀》二十卷，有良史之譽。干寶一生著述頗豐，除《搜
神記》、《晉紀》外，還有《春秋左氏外傳》、《百志詩》、《周易
注》、《周官注》等。這些著作大多亡佚，存世的《搜神記》既非
原本，也非全璧。

　　晉代典籍能完整地保存至今的不多，西晉末十六國大亂，
北方中原地區的經濟、文化遭受極其嚴重的破壞；東晉以後，
梁武帝時發生侯景之亂，珍藏在建康（今南京）臺城（宮城）內
的典籍被焚毀殆盡，接著梁元帝蕭繹在江陵危亡之際燒毀所聚
古今圖書十四萬卷，文獻經過如此厄難，部分殘存下來就算是
幸運的了。《搜神記》僥倖逃脫侯景之亂和梁元帝焚書，據《晉
書·干寶傳》所記，存有三十卷本，其後《隋志》、《舊唐志》、《新
唐志》均著錄為三十卷，說明北宋歐陽脩編撰《新唐志》時還存
有三十卷本。到了《宋志》就變成十卷了。[21]

20　據《建康實錄》卷七。
21　《宋史》第十五冊卷二〇六〈藝文志五〉，中華書局 1977 年版，第 5291 頁。

第二章　魏晉志怪的發展

　　《宋史》編撰於元末，它終於沒有躲過宋、元、金的戰亂。今存二十卷本是明代中葉的輯錄本，輯錄者很可能是胡應麟（西元一五五一年至西元一六〇二年）。他說：「姚叔祥見余家藏書目中有干寶《搜神記》，大駭曰：『果有是書乎？』余應之曰：『此不過從《法苑》、《御覽》、《藝文》、《初學》、《書鈔》諸書中錄出耳。豈從金函石匱、幽岩土窟掘得耶？』大抵後出異書，皆此類也。」[22]

　　姚叔祥對此事也有記載，《見只編》曰：「江南藏書，胡元瑞（引者注：胡應麟，字元瑞）號為最富。余嘗見其書目，較之館閣藏本目，有加益。……有《搜神記》，余欣然索看，胡云：『不敢以詒知者，率從《法苑珠林》及諸類書抄出者。』」[23]

　　將今本二十卷與《法苑珠林》諸書對校，可知二十卷本的確出自上述類書，胡應麟為輯錄者的可能性很大。

　　輯錄本不是原本，經過校勘，可發現它與原本的差異。這差異表現在三個方面：第一，篇數不同。輯錄本二十卷共四百六十四則，今人汪紹楹在此之外又輯得佚文三十四則，附在他校注的《搜神記》（中華書局一九七九年版）後，即可證明。第二，輯錄本中有少數作品不是干寶所作，如卷十〈夢入蟻穴〉

22　胡應麟：《甲乙剩言》，轉引自《四庫全書總目》，中華書局 1965 年版下冊，第1208 頁。

23　姚士麟：《見只編》卷中，《叢書集成初編》本，中華書局 1985 年據鹽邑志林本影印，第 96 頁。

寫北朝北魏孝莊帝永安年間（西元五二八年至五三○年）的事，此時干寶已不在人世，此篇實出自唐人《窮神祕苑》，顯為誤收。第三，輯錄本體例與原本不同。干寶原書三十卷分為若干篇，按今存文字考索，至少有〈感應篇〉、〈神化篇〉、〈變化篇〉、〈妖怪篇〉等，輯錄本卷六首則〈論妖怪〉當是〈妖怪篇〉序論，卷十二首則〈五氣變化論〉當是〈變化篇〉序論。輯錄本二十卷最初刊於明代萬曆間胡震亨《祕冊匯函》，胡震亨編刊時有可能對二十卷本進行了增刪調整，胡本後收入明代毛晉《津逮祕書》和清代嘉慶間張海鵬《學津討原》第十六集。一九七○年代中華書局出版了汪紹楹以《學津討原》本為底本校注的《搜神記》，收佚文三十四則。二○○七年中華書局又出版李劍國輯校的《新輯搜神記》，此新輯本依原書卷帙編次三十卷，體例分篇記事，將二十卷本誤植他書的條文刪去，共得三百四十三則。

　　《搜神記》的誕生不是偶然的，它是志怪傳統與魏晉時代結合的產物，這種結合當然是由干寶個人主觀創造來實現的。漢末以來，社會處於長期動亂，傳統儒教已失去往昔主宰人心的至尊地位。那些標榜以禮教治天下的統治者們用自己寡廉鮮恥的行為昭示了禮教的虛偽。司馬氏以晉代魏，用「禪讓」遮蓋篡弒，其政治集團既凶殘無恥，又短視無能，西晉平吳，統一不到十二年便發生「八王之亂」，緊接著就是胡人南下，晉懷帝、晉湣帝被虜，短短五十二年就土崩瓦解。東晉偏安江南，朝綱

依舊委頓，權門兼併，政治傾軋，君臣權貴的醜惡靈魂暴露無遺。干寶《晉紀‧總論》描述當時政壇社風，大意說：風俗淫僻，恥尚失所。士人學的是老莊，談的是虛無，做人以行同禽獸為通達，仕進以無恥苟得為才能，當官以望空為高而笑勤恪。凡是放棄職事標榜虛曠而無所用心的人，都名重海內。誰要真心做事，就得遭受斥責，像灰塵那樣被輕蔑。是非善惡都不在話下，群起而爭的只是錢財。[24]

　　廣大百姓在這種殘暴腐朽的統治下，在兵連禍結的動亂中顛沛流離、暴死狼藉。整個社會籠罩著不安、凶險和恐怖的濃重氣氛。在這種社會氛圍中，人們尋求宗教的慰藉就不難理解。鬼神觀念此時更加膨脹，道教、佛教勃然發展，民間各種鬼怪之說不脛而走。這印證了《老子》的一句話：「以道蒞天下，其鬼不神。」若天下無道，死人便會變成鬼魅遊蕩人間。明代胡震亨讀《搜神記》曾感慨地說：「何東西（晉）百五十年間，天孽人變，駴人耳目，若斯多也？豈司馬家以兩世凶黠，奸有神器，其陰畫祕算，默為天地之害者，不得不藉此開洩，用為非德受命者鑑耶？」[25]

　　援用陰陽五行、天人感應觀念闡釋鬼神怪異非常之事，用

24　干寶：《晉紀‧總論》，《文選》第五冊，上海古籍出版社 1986 年版，第 2186—2187 頁。

25　胡震亨：《搜神記引》。引文皆據汪紹楹校注《搜神記》，中華書局 1979 年版。下不再注。

以鏡鑑時政，是漢代董仲舒以來經學家們常用的思維方式，干寶搜集大量鬼神怪異編撰成書，未必沒有這層含義。

　　生活在東西晉之際的干寶是一位史學家，同時又篤信天命，喜好陰陽術數，他的歷史觀中含有陰陽五行、天人感應觀念的成分。他認為朝代興亡均「非人事」，而「必俟天命」[26]。《搜神記》的編撰，據說是由他家庭中兩件奇事所引發，一是干寶父親的婢女在墓室中十多年不死，二是干寶之兄死而復生，此緣起見於《晉書》卷八十二〈干寶傳〉，是否屬實，難以考證。這類非常之事在天人感應的觀念中，皆為人君「不極」、「不建」、「下人為上」之兆，不管上說是否屬實，干寶編撰《搜神記》的宗旨如他所說「發明神道之不誣」，「神道」當有天人感應的含義。

　　干寶編撰《搜神記》不同於後世小說創作，他只是搜集記錄民間傳說而已。誠如他在〈進《搜神記》表〉中所說：「臣前聊欲撰記古今怪異非常之事，會聚散逸，使同一貫，博訪知之者，片紙殘行，事事各異。」[27]

　　又如他在〈搜神記序〉中所說，一是「承於前載者」，二是「採訪近世之事」。今存輯錄本二十卷四百六十四則，約三分之一採自各種文獻典籍，如署名劉向《列仙傳》、班固《漢書‧五行志》、

26　干寶：《晉紀‧論晉武帝革命》，《文選》第五冊，上海古籍出版社 1986 年版，第2174 頁。

27　汪紹楹校注：《搜神記》，中華書局 1979 年版，第 3 頁。

曹丕《列異傳》等，而大部分則是他採訪近世之事撰述而成。「承於前載」也不等於照抄，例如〈三王墓〉、〈鵠奔亭女屍〉出自《列異傳》，他絕不是一字不改，而是補充了細節，加強了描寫，文學性因而更加濃厚了。

　　干寶對於前載和近世的傳說也並不是一概收攬，他是有所選擇的。「群言百家，不可勝覽；耳目所受，不可勝載。今粗取足以演八略之旨，成其微說而已。」二十卷本四百六十四則，按內容性質分類，可分為神話、傳說、仙話、鬼話、精怪、災異六類，可以說囊括了古來志怪的全部門類，不愧是魏晉志怪之集大成者。

　　神話是人類童年，也就是原始社會和階級社會初期的產物，當時社會生產力低下，人們的生產生活幾乎完全受自然力的支配，他們只能借助想像去解釋和克服自然，這種想像便是神話。《搜神記》中有少量神話遺存，如卷十三〈二華山〉敘今太華山和少華山原為一體，河神巨靈用手擘開山的上部，用腳蹬開山的下部，一山分為兩山，讓黃河從兩山中間流過。這位力能劈山的河神巨靈，凝鑄著原始初民征服自然的強烈願望。

　　中國神話被完整地保留下來的不多，它們許多都隨著社會的發展而被歷史化，逐漸成為傳說。魯迅說：「迨神話演進，則為中樞者漸進於人性，凡所敘述，今謂之傳說。傳說之所道，或為神性之人，或為古英雄，其奇才異能神勇為凡人所不及，

而由於天授，或有天相者，簡狄吞燕卵而生商，劉媼得交龍而孕季，皆其例也。」[28] 神話的歷史化，或者說歷史的神話化，都是階級社會的產物。《搜神記》集撰的物種起源和變異、古代蠻族起源以及歷史人物傳說等，皆是這一類。

物種起源傳說之最優美者為卷十四〈女化蠶〉。蠶絲業是中國古時重要的產業，與農耕一樣是國民經濟的命脈，關於蠶的傳說古已有之，《搜神記》此文將蠶的來源編織成一個動人的故事。它敘說太古之時一少女思念遠征在外的父親，無以排遣，便對身邊的雄馬戲謔說：「你若能迎得我父親回來，我就嫁給你。」不料那馬一聽此言，立即脫韁而去，果然載回了她的父親。少女並沒有履行諾言的意思，那馬便憤怒跳騰，她父親得知原委，便將馬射殺，晾晒馬皮於庭院中。某日少女與朋友在庭院玩耍，踢著馬皮又戲謔說：「你是畜生，卻想娶人做妻子，招此屠剝，真是自討苦吃！」話音未落，那馬皮蹶然而起，捲裹少女而去，停駐在大樹枝間化作了蠶，那大樹就是桑樹。蠶頭類馬頭，人馬結合可能是遠古圖騰的遺存。

古代蠻族起源傳說以卷十四〈盤瓠〉最為突出。盤瓠之事見於《後漢書·南蠻西南夷列傳》，《搜神記》的〈盤瓠〉將它神話化了。盤瓠是一條五色斑斕的狗，這狗是由王宮裡一個老婦人耳朵裡的一條金蟲變成的，那時強敵戎吳壓境，朝廷力不能

28　魯迅：《中國小說史略》第二篇「神話與傳說」。

支，牠竟然從敵軍中取得戎吳將軍的首級。國王曾許諾取得戎
吳將軍首級者，將以少女嫁之。盤瓠雖然是條狗，但少女仍慨
然嫁給了他，三年中生下六男六女，這六男六女自相婚配，繁
衍成了一個蠻族部落。這個傳說反映了古時西南少數民族部落
有崇拜狗圖騰者，以及兄妹婚配的原始血婚制度的存在。

　　傳說類，《搜神記》寫得較多也寫得較好的是社會人物的傳
說。這些人物有的是歷史實有其人，有的則是民間虛擬。寫勇
士俠客的如卷十一〈熊渠子〉、〈三王墓〉，卷十九〈李寄〉等，
記孝子節婦的如卷十一〈周暢〉、〈羅威〉、〈東海孝婦〉等，敘
廉吏敬天除災的如卷十一〈何敞〉、〈諒輔〉等，頌夫妻忠貞的
如卷十一〈韓憑妻〉等。漢代以孝治天下，舉薦人才很看重孝
行，這類傳說在那時層出不窮，然而在今天看來矯情者多，較
有文學性的作品當推〈三王墓〉、〈李寄〉、〈東海孝婦〉、〈韓憑
妻〉幾篇。

　　〈三王墓〉故事已見曹丕《列異傳》，干寶輯錄時對文字作了
增飾和修改。其一，干將被楚王處死的原因。《列異傳》寫干將
私藏雄劍，僅以雌劍獻楚王，楚王發現並將他處死；干寶改為
干將鑄劍三年，楚王怒其工期太長而殺之。這樣一改，更顯楚
王的暴虐和復仇的合理性。其二，干將之子被楚王通緝，逃入
山中遇俠客，託付俠客報仇而自刎。《列異傳》敘述簡略：「乃
逃朱興山中。遇客，欲為之報；乃刎首，將以奉楚王。」這一段

情節，干寶增飾了形象的描寫，使刎首報仇更富有說服力：

> （干將之子）亡去，入山行歌。客有逢者，謂：「子年少，何
> 哭之甚悲耶？」曰：「吾干將莫邪子也，楚王殺吾父，吾欲
> 報之！」客曰：「聞王購子頭千金，將子頭與劍來，為子報
> 之。」兒曰：「幸甚！」即自刎，兩手捧頭及劍奉之，立僵。
> 客曰：「不負子也。」於是屍乃仆。

干將之子為何相信萍水相逢的俠客，有了增加的兩人對
話，就清楚明白了。這對話更刻劃出干將之子誓死復仇的剛烈
性格和俠客伸張正義的豪氣。干將之子自刎後捧頭及劍僵直而
立，待得到俠客承諾方才倒下。這細節雖為誇張，但可謂傳神
至極。

〈李寄〉是《搜神記》中篇幅較長者。它敘閩中大蛇為害，
地方奉之為神靈，每年敬獻童女，積年送進蛇口的童女已達九
人。這年李寄自願充作祭品，她有備而至，先用米餈誘蛇出
洞，讓獵犬咬住大蛇，她撲上去揮劍斬之。文中李寄的兩段對
話都很精彩，生動而有個性。一段寫她說服父母讓她應募祭
蛇，她說：

> 父母無相，惟生六女，無有一男，雖有如無。女無緹縈濟父
> 母之功，既不能供養，徒費衣食，生無所益，不如早死。賣
> 寄之身，可得少錢，以供父母，豈不善耶？

農耕宗法社會重男輕女，李寄以女不如男勸慰父母捨她而

去，又嘆自己不是漢代孝女緹縈有代父贖罪的功德，只願以身換錢供養父母，言辭淒婉而剛毅，感人肺腑。她斬蛇之後，得見九女髑髏，吒言曰：

> 汝曹怯弱，為蛇所食，甚可哀愍。

這些話表現了李寄的豪氣，也飽含著同情，其實也是指斥地方官吏的昏聵和怯懦。文中寫她斬蛇後「緩步而歸」，活畫出她沉穩自信的神態。此文已具敘事文學小說的雛形。

〈東海孝婦〉本事見《漢書・于定國傳》。它講述了一樁冤案。婆母衰老，不願拖累孝順的兒媳，自縊而亡，兒媳周青被誣陷為殺死婆母的凶手。周青臨刑設誓，她的血將緣刑場幡竿而上，事果不其然，並且郡中大旱三年。文中為周青抱屈的于公即《漢書》所記之于定國。《漢書》是為于定國立傳，而《搜神記》則是強調孝婦周青的冤屈。周青行刑血不濺地，郡中三年亢旱，這個「設誓鳴冤、感天動地」故事影響深遠，元雜劇《竇娥冤》以及一些公案小說都用作素材。

〈韓憑妻〉敘宋康王強奪韓憑之妻何氏，韓憑自殺，何氏殉情而死。何氏遺願要與丈夫合葬，宋康王偏要分而葬之，要他們永遠可望而不可即。誰知兩個墓塚即生出兩棵大樹，根交於下，枝錯於上，樹上鴛鴦交頸悲鳴，晨夕不去。人們稱這兩棵樹為相思樹。《搜神記》此文敘說何氏密致書韓憑：「其雨淫淫，河大水深，日出當心。」寄託了對丈夫的深情和必死的信念。又

寫她「陰腐其衣」，使跳臺時不被人揪住衣襟，還遺書於帶，祈願與夫合葬。何氏的悲劇形象甚為鮮明。

　　仙話在《搜神記》中占有相當比重。它們主要集中在二十卷本的卷一至卷三。其中有少量的古代神仙故事，它們多半採自《列仙傳》，大部分則是漢末三國魏晉的方士、道士和庶民之類的仙話，描述他們驅鬼除魔，祈雨減災，祛病益壽，使生人與亡人相見等特異功能，實際上是將方術神仙化。它們反映了漢晉時代人們對法術的迷信，甚至崇拜。

　　仙話中有個別作品寫人神戀，如卷一〈董永〉和〈弦超〉。董永賣身葬父，感動天帝遣織女下凡助他償債，這故事先見於劉向《孝子傳》，《搜神記》的文字與《孝子傳》大同小異。這個故事主旨在講一個「孝」字，但後世流傳改編不斷添加愛情成分，使之成為人神戀的經典作品。就《搜神記》的文本而言，〈弦超〉更富愛情色彩，天上玉女知瓊在仙界寂寞難耐，「天帝哀其孤苦，遣令下嫁從夫」，這仙女分明是一位思春少女。知瓊下凡與弦超成婚，七八年恩愛深篤，只因弦超向人洩露天機，知瓊不得不與他別離。文中描寫這對情人依依不捨的情景，置酒餞別，賦詩贈物，把臂涕泣，纏綿之情表現得淋漓盡致。兩情難以割捨，故而五年後又重溫舊夢，雖不能朝夕相守，卻總可以在特定的日子往來相聚。本文描寫的知瓊是一位才女賢妻，擅詩文，通《易》，無妒忌心，且姿容美麗，是士人夢想的佳配。

文中寫知瓊「唯超見之,他人不見」;天機如果洩露,知瓊便不能不去。這些玄妙之處,均被後世小說所襲用。

　　鬼魅的故事亦即鬼話,曹丕《列異傳》已有記載,《搜神記》上承《列異傳》而有長足發展,它寫得十分動人的是人鬼戀的主題。除卷十六之〈漢談生〉出自《列異傳》外,卷十五之〈河間郡男女〉,卷十六之〈紫玉〉、〈崔少府墓〉等均首見於《搜神記》。

　　〈河間郡男女〉敘晉武帝時河間郡一對少男少女相愛而私訂終身,青年從軍多年不歸,少女拒絕他嫁病死。青年戍還見女墓塚,不勝其情,乃發塚開棺,少女竟起死回生。此事引發訴訟,然官府同情這對戀人,使其結為夫妻。此篇本事見《晉書·五行志》和《宋書·五行志》,大概是當時盛傳的奇事。因情而死,又因情死而復生,所謂「以精誠之至,感於天地,故死而更生」,這種情節類型對後世文學影響極大,戲曲《牡丹亭》、小說《聊齋志異·連城》等,均繼承了這種浪漫主義元素。

　　情人死後不能復生,則以鬼魂結為夫妻〈紫玉〉即表現這類主題。〈紫玉〉寫吳王夫差小女紫玉與韓重青梅竹馬,他們的戀情被吳王打碎,紫玉鬱鬱而死。韓重三年後從外地遊學歸來,只能到紫玉墳前哭訴衷腸了。紫玉鬼魂出墓,邀韓重同歸墓室結為夫妻。三天三夜後他們分別,紫玉以明珠相贈。韓重出墓拜謁吳王陳述其事,吳王指他盜墓且玷汙亡靈。紫玉鬼魂於是出來做證,她的母親見到愛女想要擁抱,她卻像一縷青煙消逝

無蹤。紫玉是一位多情少女，她衝破死生阻隔與情人相會，歌詩云：

> 南山有鳥，北山張羅。鳥既高飛，羅將奈何？意欲從君，讒言孔多。悲結生疾，沒命黃壚。命之不造，冤如之何！羽族之長，名為鳳凰。一日失雄，三年感傷。雖有眾鳥，不為匹雙。故見鄙姿，逢君輝光。身遠心近，何當暫忘。

她把自己比作南山之鳥，意欲衝破禮教門第的網羅，然而讒言太多，身不由己；她又把自己比作失雄的鳳凰，「雖有眾鳥，不為匹雙」，表達了對愛情的執著。敘事中插入詩賦，揭示主人公的情感世界，這種手法為後世小說廣為採用。

〈崔少府墓〉敘青年盧充射獵追逐受傷的獐，不期來到一所大宅門前，入府方知此正是岳丈崔少府家，岳丈令其與崔女成婚。三日後被送出府第，並告知崔氏生男即當相還。盧充回家方知崔氏為亡人，自己所至乃其墓塚。四年後崔氏攜三歲男孩還與盧充，送金碗並贈詩一首。詩中謂：「含英未及秀，中夏罹霜萎。榮耀長幽滅，世路永無施。」表達了她不幸早夭，未盡天倫的幽情苦緒。崔氏在此前的敘述中略無表現，有此贈詩，其形象便凸顯出來。

《搜神記》人鬼戀的作品最接近文學意義的小說，雖說是談鬼說神，但戀愛卻表現了美好的感情。《太平廣記》以四十卷的篇幅輯錄了四百多則鬼魅故事，其中約六分之一是人鬼戀作

品，上述幾篇在中間也要算是最出色的。

　　精怪是《搜神記》的又一重要題材類型。卷六之〈妖怪〉說：「妖怪者，蓋精氣之依物者也。」妖怪不同於神仙，也不同於鬼魅，它是動植物和器物吸附精氣所變。《搜神記》所記的妖怪有狐狸、飛鳥、鳴蟬、蛇、鹿、豬、犬、羊、龜鼉、獺、鼠、雞、蠍、樹木、塵、飯臿、枕頭、金、銀、杵等，其中狐狸寫得最多。

　　卷十八之〈阿紫〉敘狐精阿紫化為美女勾引王靈孝到空塚中歡會，久之形頗像狐，不復人語矣。《搜神記》所記狐精並不定型為女人，也有變作瞠目磋齒的鬼貌（卷十八〈宋大賢〉），有變作某人的父親（卷十八〈吳興老狸〉），還有變作書生與張華論學的（卷十八〈張茂先〉）。不過狐狸精變成美女是一種傳說趨勢，《搜神記》卷十二〈五氣變化〉就說：「千歲之狐，起為美女。」《玄中記》也曾說：「千歲之狐為淫婦，百歲之狐為美女。」〈阿紫〉引《名山記》云：「狐者，先古之淫婦也。其名曰阿紫，化而為狐，故其怪多自稱阿紫。」把淫婦與狐精連在一起，漸漸成為一種定勢。《搜神記》寫狐精化為美女誘惑男人僅〈阿紫〉一篇而已，但它卻是這類故事的開啟者之一。

　　《搜神記》記載各種災異，這在全書中也占有重要位置。干寶受天人感應理論的影響，認為自然界和社會的一切反常變化即災異都是一種天譴，是上天對時政的警示。他記錄漢代以來

的災異文字多集中在卷七，且大多沒有故事性。他多次引用京房和劉向的言論解釋災異，京房的《京氏易傳》，劉向的《洪範五行傳》，對於天人感應的觀念都有所發揮，他們用天譴說來解讀災異，不外是批評時政的一種手段。例如干寶記西晉貴族富戶用北方外族的傢俱器皿和烹調方法，就被視為五胡入侵中原的徵兆；西晉服飾流行將上衣掩進下衣的款式，被解釋為上被下掩，預示天子被權臣所制的政治局面將要發生。干寶是晉朝的臣子，他未必會認為晉朝是「非德受命」，但他看到了當時統治弊端叢生，社會危機四伏的嚴重情勢，用種種災異來警示社稷的危機，則是符合他的思想和他作為史官的身分的。這些文字雖無故事性，但它含有天譴寓意，亦足以引人矚目，而且這種志怪方式亦成為一種類型，即清代《聊齋志異》也不缺此項內容。

　　干寶以史家態度撰集《搜神記》，堅持實錄原則。他在〈搜神記序〉中說，書中所記，或是「考先志於載籍」，或是「收遺逸於當時」，「蓋非一耳一目之所親聞睹也，又安敢謂無失實者哉」。可見他十分看重實錄。但他同時也沒有忽略對審美的追求，他說本書當使讀者「游心寓目」，由是他在敘事中常常加強情節性，為了刻劃人物內心世界，還不時穿插詩賦，使得他的志怪文字有了更多的文學色彩。更值得注意的是他筆下的某些仙女多有人氣，某些鬼女沒有令人恐懼的鬼氣，她們真摯、熱

烈和纏綿的愛情和世間凡俗的少女沒有兩樣，他不過是藉神仙
鬼魅描摹人情而已。這些作品在全書中只是少數，但它們卻為
《搜神記》在小說史上的重要地位奠定了基礎。

第五節　魏晉其他志怪書

魏晉志怪作品甚多，由於戰亂和其他原因，大多都已散
佚。上述《列異傳》、《博物志》、《玄中記》、《搜神記》等均為
後人輯佚，還有一些志怪書只有少量片段文字散存在各種典籍
中，難以窺見其原貌。這裡只能分別作一些簡要的敘述。

一、《異說》。未見著錄，編撰者不詳。《博物志》卷十引：

> 《異說》云：瞽叟夫婦凶頑而生舜。叔梁紇，淫夫也，徵在，
> 失行也，加又野合而生仲尼焉。其在有胎教也？[29]

此文舉兩個例子否定胎教的存在，一是舜，二是孔子，兩
位聖人的父母均非良人。《史記》卷一〈五帝本紀〉記舜母早死，
其父瞽叟偏愛後妻及後妻所生之子，「常欲殺舜，舜避逃」，其
父「凶頑」，其母卻未必。《史記》卷四十七《孔子世家》記孔
子之父叔梁紇「與顏氏女（徵在）野合而生孔子」，但《史記索
隱》引《家語》云：「今此云『野合』者，蓋謂梁紇老（婚時已
過六十四歲）而徵在少，非當壯室初笄之禮，故云野合，謂不合

29　范寧校證：《博物志校證》，中華書局 1980 年版，第 109—110 頁。

禮儀。」而《異說》把「野合」解為男女室外交合，故稱叔梁紇「淫夫」，稱徵在「失行」。且不論《異說》所記舜和孔子的父母的德行是否屬實，就它否認「龍生龍，鳳生鳳」的血統論這一點來說，還是有不苟同成說和進步意義的。

另《初學記》卷七引：

> 《異說》云：臨邛縣有火井，漢室之盛則赫熾。桓、靈之際，火勢漸微。諸葛孔明一窺而更盛。至景曜元年，人以燭投即滅。其年蜀並於魏。[30]

此臨邛火井，《博物志》卷二亦記，文字有差異。火井的熾盛衰微預兆王朝的盛衰，顯然是在宣揚天譴。火井如果存在，也許是油氣自燃，但撰者的興趣不在自然奧祕。說蜀並於魏在景曜元年（西元二五八年）是不確實的，蜀實亡於炎興元年（西元二六三年）。《異說》，道聽塗說而已。

二、《異林》。未見著錄，僅見佚文一條，魯迅《古小說鉤沉》輯自《三國志·魏志·鐘繇傳》裴松之注和《太平御覽》卷八一九、卷八八七。其文曰：

> 繇嘗數月不朝會，意性異常。或問其故，云常有好婦來，美麗非凡。問者曰：「必是鬼物，可殺之。」婦人後往，不即前，止戶外。繇問何以，曰：「公有相殺意。」繇曰：「無此。」乃勤勤呼之；乃入。繇意恨，有不忍之心，然猶斫之傷髀。

30　《初學記》卷七〈井〉，中華書局 2004 年第 2 版，第 153 頁。

婦人即出，以新綿拭血竟路。明日，使人尋跡之，至一大塚，木中有好婦人，形體如生人，著白練衫，丹繡襠，傷左髀，以襠中綿拭血。叔父清河太守說如此。[31]

　　文末有裴松之注云：「清河，陸雲也。」作者稱清河太守為叔父，則作者為陸雲之兄陸機的兒子，陸機有兒子陸蔚、陸夏，作者當是其中之一。晉惠帝太安二年（西元三〇三年），陸機、陸雲並陸機二子在「八王之亂」中被殺，倘若裴松之所說屬實，《異林》成書當不會晚於西元三〇三年。這是一篇別有寄意的人鬼戀，鐘繇明知美女為鬼物，卻情不能斷，愛恨交織，舉刀只傷及左髀，充分表現了鐘繇的複雜心情。而鬼魅對鐘繇的纏綿情深也寫得相當動人，她明知鐘繇有殺意，仍要投入他的懷抱，令人唏噓不已。此篇志怪的文學性較高，已具小說雛形。它還被輯入《搜神記》卷十六，又被輯入《幽明錄》，說明影響之大和流傳之廣。

　　三、曹毗《志怪》。未見著錄。僅見佚文一則，分別被《初學記》卷七、《太平御覽》卷六十七、《草堂詩箋》卷二十六所引，亦被《搜神記》卷十三輯錄。其文曰：

漢武鑿昆明池，極深，悉是灰墨，無復土。舉朝不解，以問東方朔。朔曰：「臣愚不足以知之，可試問西域胡人。」帝以朔不知，難以移問。至後漢明帝時，外國道人入來洛

31　引自《三國志》卷十三〈鐘繇傳〉裴松之注。《三國志》第二冊，中華書局1959年版，第396頁。

陽，時有憶東方朔言者，乃試以武帝時灰墨問之。胡人云：
「《經》云：『天地大劫將盡，則劫燒。』此劫燒之餘。」乃知
朔言有旨。[32]

　　「劫」是梵文 Kalpa 的音譯，「劫波」的略稱。古印度傳說
世界經歷若干萬年毀滅一次，然後重新開始，這樣一個週期稱
之為一「劫」。此說被納入佛教觀念系統。文中的外國道人顯然
是佛教僧人。佛教典籍梁釋慧皎《高僧傳》卷一〈竺法蘭傳〉記
載此事，指「外國道人」為竺法蘭。此劫燼之說饒有影響，唐太
宗〈冬日臨昆明池〉詩云：「石鯨分玉溜，劫燼隱平沙。」[33]「劫
燼」已然成為一個典故。《志怪》作者曹毗，字輔佐，譙國（今
安徽亳州）人，魏大司馬曹休曾孫。《晉書》卷九十二〈文苑〉
本傳稱他少好文籍，善屬詞賦。郡察孝廉，除郎中，約在晉成
帝、晉康帝時舉為佐著作郎。丁父憂服闋後，遷句章令，徵拜
太學博士。曹毗的作品，《隋書‧經籍志》集部著錄有《晉光祿
勳曹毗集》十卷，又《晉曹毗集》四卷，散佚。存世的除《志怪》
一則佚文之外，還有〈杜蘭香傳〉殘文，該文被輯錄在《藝文類
聚》、《太平御覽》、《太平廣記》和陶珽重編《說郛》中。杜蘭
香自稱「阿母處靈岳，時遊雲霄際」，為仙女無疑。

　　四、孔氏《志怪》。《隋書‧經籍志》史部雜傳類著錄《志
怪》四卷，注「孔氏撰」。《新唐書‧藝文志》作《孔氏志怪》，

32　引自《初學記》卷七〈昆明池〉，中華書局 2004 年第 2 版，第 147 頁。
33　《全唐詩》，上海古籍出版社 1986 年版，第 23 頁。

入小說家類。《世說新語》劉孝標注、《北堂書鈔》、《初學記》卷八《江南道》、《太平御覽》等皆引作《孔氏志怪》。《初學記》卷三十〈鷹〉引作《孔氏志》，《藝文類聚》卷八十九引作《孔氏志怪記》。書名不一。《太平廣記》卷二七六引「晉明帝」一則，注「出孔約志怪」，可知孔氏名約。孔約生平事蹟無考，《志怪》一則講干寶寫作《搜神記》緣起，足見其生活年代在干寶之後；又有一則講盧充人鬼戀，抄自《搜神記》卷十六〈崔少府墓〉，也為一證。《孔氏志怪》已佚，魯迅《古小說鉤沉》輯得佚文十則。十則中不見於前人載籍，又頗有創意特色的，當推〈謝宗〉：

> 會稽吏謝宗赴假吳中，獨在船。忽有女子，姿性妖婉，來入船。問宗：「有佳絲否？欲市之。」宗因與戲，女漸相容。留在船宿歡宴。既曉，因求宗寄載，宗便許之。自爾船人恆夕但聞言笑兼芬馥氣。至一年，往來同宿。密伺之，不見有人。方知是邪魅，遂共掩之。良久，得一物，大如枕。須臾，得二物，並小如拳。以火視之，乃是三龜。宗悲思數日方悟，自說：「此女子一歲生二男，大者名道滑，小者名道興。」既為龜，送之於江。[34]

此篇寫人妖戀，與《搜神記》卷十九〈鼉婦〉有類似之處，但它比〈鼉婦〉寫得更豐滿和更富感情。謝宗與龜精相處，作者用船人的視角觀之，「恆夕但聞言笑兼芬馥氣」，不見其人，既表現兩情繾綣，又說明女子是妖。當真相大白，謝宗傷悲不

34　引自魯迅《古小說鉤沉》。

已，送三龜於江，留下了永遠的遺憾。此篇對龜精作了人性化的描寫，並寄予了同情，已不完全是客觀志怪。

　　五、祖氏《志怪》。已佚。《隋書‧經籍志》史部雜傳類著錄二卷，《舊唐志》史部雜傳類著錄為四卷，《新唐書》入子部小說家類，著錄也是四卷。可見此書北宋時尚存。後陶珽《說郛》卷一一七輯有《祖氏志怪錄》八則，魯迅《古小說鉤沉》輯有十五則。祖氏，即祖臺之，字元辰，范陽（今河北涿州）人，生卒年不詳。為著名數學家祖沖之的祖父。東晉孝武帝太元（西元三七六年至西元三九六年）時為尚書左丞，安帝（西元三九七年至西元四一八年）時官至侍中、光祿大夫。《晉書》卷七十五〈王湛傳〉附〈王國寶傳〉記有他的事蹟，稱他「撰志怪書行於世」。祖氏《志怪》中記有安帝隆安（西元三九七年至西元四〇一年）中事，其成書時間大約在晉末。此書為志怪，《隋志》和《舊唐志》都將它歸在史部雜傳類，原因是它所記多是漢晉時歷史人物的異聞，如漢武帝、東方朔、張華、陶侃等。今存佚文十五則中，以精怪故事較有特色。如〈豬精〉：

> 吳中有一士大夫，於都假還，行至曲阿塘上，見一女子，容貌端正，便呼即來，便留住宿。士解臂上金鈴繫其臂，令暮更來，遂不至。明日，更使尋求，都無此色。忽過一豬圈邊，見母豬臂上繫金鈴。[35]

35　引自魯迅《古小說鉤沉》。下不再注。

第二章　魏晉志怪的發展

　　動物精怪化為美女，《搜神記》寫有鼉精，孔氏《志怪》寫有龜精，此篇寫豬精，都是寫某人在旅途中邂逅一美女，兩相為歡，事後方知美女原形。但各篇寄意有別，孔氏《志怪》寫謝宗與龜精仍有一份真情在，《搜神記》的張福與鼉精、此篇的士大夫與豬精，均有採擷野花、逢場作戲的意味，而此篇更寓含勸誡的成分。當那位再度尋歡的士人發現昨夜與他同床共枕的竟是豬圈裡的一頭母豬時，瞬間美醜轉化，不僅是驚愕，而且是噁心了。

　　六、戴祚《甄異傳》。已佚。《隋書·經籍志》史部雜傳類著錄為三卷。《舊唐書·經籍志》同，戴祚誤作「戴異」。《新唐書·經籍志》入小說家類。《藝文類聚》所引《甄異記》，《太平御覽》所引《甄異傳》、《甄異記》，《太平廣記》所引《甄異傳》、《甄異記》、《甄異錄》、《甄異志》，疑為一書。魯迅《古小說鉤沉》輯有佚文十七則。編撰者戴祚，東晉人，生卒年不詳。唐封演《封氏聞見記》卷七：「祚，江東人，晉末從劉裕西征姚泓。」《冊府元龜》卷五五五〈國史部·採撰一〉：「戴祚為西戎太守，撰《甄異傳》三卷，《西征記》一卷。」《甄異傳》今存的十七則中，以鬼魅和精怪傳說為佳。其中記鬼的篇則又較多，〈秦樹〉一則寫人鬼戀：

> 沛郡人秦樹者，家在曲阿小辛村。義熙中，嘗自京歸，未至
> 二十里許，天暗失道，遙望火光，往投之。見一女子秉燭

出，云：「女弱獨居，不得宿客。」樹曰：「欲進路，礙夜不可前去，乞寄外住。」女然之。樹既進坐竟，以此女獨處一室，慮其夫至，不敢安眠。女曰：「何以過嫌，保無慮，不相誤也。」為樹設食，食物悉是陳久。樹曰：「承未出適，我亦未婚，欲結大義，能相顧否？」女笑曰：「自顧鄙薄，豈足仇儷？」遂與寢止。向晨，樹去，乃俱起執別。女泣曰：「與君一睹，後面莫期。」以指環一雙贈之，結置衣帶，相送出門。樹低頭急去，數十步，顧其宿處，乃是塚墓。居數日，亡其指環，帶結如故。

此篇敘述婉曲，善於營造氣氛，對話亦簡潔傳神。秦樹從陽間進入墓塚，他個人渾然不覺，即便讀者讀至此處亦未見能察知底細。那獨居女子言談舉止自然而且多情，唯「食物悉是陳久」暗示非陽間世界。敘述和描寫都見出作者筆力的勁健，不失為佳作。

秦樹入墓塚與女鬼相會，從陽間到陰間，這是人鬼相遇的一般路向，但《甄異傳》也有寫逆向的，鬼從陰間來到人間，如〈夏侯文規〉：

譙郡夏侯文規居京，亡後一年，見形還家，乘犢車，賓從數十人，自云北海太守。家設饌，見所飲食，當時皆盡，去後器滿如故。家人號泣，文規曰：「勿哭，尋便來。」或一月，或四五十日輒來，或停半日，其所將赤衣騶導，形皆短小，坐息籬間及廂屋中，不知。文規當去時，家人每呼令起，玩習不為異物。文規有數歲孫，念之，抱來，左右鬼神抱取

以進，此兒不堪鬼氣，便絕，不復識人；文規索水噀之，乃醒。見庭中桃樹，乃曰：「此桃我昔所種，子甚美好。」其婦曰：「人言亡者畏桃，君何為不畏？」答曰：「桃東南枝長二尺八寸向日者憎之，或亦不畏。」見地有蒜殼，令拾去之，觀其意似憎蒜而畏桃也。

此篇寫夏侯文規鬼魂自陰間回到陽間與家人重聚，沒有多少情節，但一些細節令人玩味。文規自稱在陰間任北海太守，出行陣仗僕從確乎如此，則陰間為官與陽間無異。鬼魂用餐，一時盤碗盡淨，鬼魂去後菜肴復現如初。鬼魂雖形如生人，但身附鬼氣，其孫不堪鬼氣險些氣絕，人鬼畢竟殊途。這些細節，都成為後世小說創作的構思元素。

七、《靈鬼志》。已佚。《隋書・經籍志》史部雜傳類著錄為三卷，題荀氏撰。《舊唐書・經籍志》著錄相同。《新唐書・經籍志》改入小說家類。此書亡於宋代，《法苑珠林》、《太平廣記》、《太平御覽》各有徵引，魯迅《古小說鉤沉》輯有佚文二十四則。編撰者荀氏，生平事蹟不詳。今存《靈鬼志》佚文「南平國蠻兵」寫「義熙初」、「予為國郎中」，可知荀氏在東晉安帝義熙（西元四〇五年至西元四一八年）中曾任南平國郎中，為晉末人。《靈鬼志》今存佚文二十四則，按題材大致可分為三類：一、讖語；二、鬼魅；三、佛事。讖語類《世說新語》〈方正〉、〈容止〉、〈傷逝〉、〈忿狷〉四篇劉孝標各注引一則，皆題《靈鬼志・謠征》，看來《靈鬼志》原書是分篇的，〈謠徵〉篇專輯讖語

應驗的傳說，如庾亮（文康）條：

> 庾文康初鎮武昌，出石頭，百姓看者於岸歌曰：「庾公上武
> 昌，翩翩如飛鳥；庾公還揚州，白馬牽旅旐。」又曰：「庾
> 公初上時，翩翩如飛鴉；庾公還揚州，白馬牽旅車。」後連
> 征不入，尋薨，下都葬焉。

漢代以來流行讖緯之說，讖語本是巫覡方士製造的一種隱語式的預言，作為吉凶的符驗，後常常被用作政治鬥爭的手段。《靈鬼志》所存四則應驗之讖語，皆關係當事人的成敗生死。它們從一個側面反映了東晉變幻莫測的政局中士大夫惶惑不安的心態。

《靈鬼志》的鬼話也很有特色，尤以嵇康從鬼受〈廣陵散〉為佳：

> 嵇中散（按：嵇康官中散大夫，故稱）神情高邁，任心遊憩。
> 嘗行西南遊，去洛數十裡，有亭名華陽，投宿。夜了無人，
> 獨在亭中。此亭由來殺人，宿者多凶，中散心神蕭散，了無
> 懼意。至一更中操琴，先作諸弄，雅聲逸奏，空中稱善。中
> 散撫琴而呼之：「君是何人？」答云：「身是故人，幽沒於此
> 數千年矣。聞君彈琴，音曲清和，昔所好，故來聽耳。身不
> 幸非理就終，形體殘毀，不宜接見君子，然愛君之琴，要當
> 相見，君勿怪惡之。君可更作數曲。」中散復為撫琴，擊節
> 曰：「夜已久，何不來也？形骸之間，復何足計。」乃手挈
> 其頭曰：「聞君奏琴，不覺心開神悟，恍若暫生。」遂與共
> 論音聲之趣，辭甚清辯。謂中散曰：「君試以琴見與。」於

是中散以琴授之，既彈眾曲，亦不出常，唯〈廣陵散〉聲調
絕倫。中散才從受之，半夕悉得，先所受引殊不及。與中散
誓，不得教人，又不得言其姓。天明語中散：「相與雖一遇
於今夕，可以還同千載。於此長絕，能不悵然！」

　　嵇康是曹魏後期著名文學家和音樂家，才思過人，品格孤
高，山濤譽之「孤松之獨立」。因不屑依附虛偽凶殘的司馬昭而
被殺。史載，嵇康臨刑前撫琴奏〈廣陵散〉，是為此曲之絕響。
此則寫〈廣陵散〉得之斷頭之鬼，更給這首聲調絕倫的曲子蒙上
一層神奇色彩。此篇寫嵇康以音樂會友，視鬼如人，突現出他
超然物外、體妙心玄的人品氣性。斷頭之鬼「挈其頭」出現，也
是鬼話中的一個獨特意象。

　　《靈鬼志》還記錄了佛教傳入中土之初的佛經故事傳播情況：

太元十二年，有道人外國來，能吞刀吐火，吐珠玉金銀；自
說其所受術，即白衣，非沙門也。嘗行，見一人擔擔，上有
小籠子，可受升餘。語擔人云：「吾步行疲極，欲寄君擔。」
擔人甚怪之，慮是狂人，便語之云：「自可爾耳，君欲何許
自厝耶？」其人答云：「君若見許，正欲入君此籠子中。」擔
人愈怪其奇：「君能入籠，便是神人也。」乃下擔，即入籠
中；籠不更大，其人亦不更小，擔之亦不覺重於先。既行數
十里，樹下住食，擔人呼共食，云我自有食，不肯出。止住
籠中，飲食器物羅列，肴膳豐腴亦辦。反呼擔人食，未半，
語擔人：「我欲與婦共食。」即復口吐出一女子，年二十許，
衣裳容貌甚美，二人便共食。食欲竟，其夫便臥。婦語擔

人：「我有外夫，欲來共食；夫覺，君勿道之。」婦便口中
出一年少丈夫，共食。籠中便有三人，寬急之事，亦復不
異。有頃，其夫動，如欲覺，婦便以外夫內口中。夫起，語
擔人曰：「可去。」即以婦內口中，次及食器物。此人既至
國中，有一家大富貴，財巨萬，而性慳吝，不行仁義，語擔
人云：「吾試為君破奴慳囊。」即至其家。有一好馬，甚珍
之，繫在柱下，忽失去，尋索不知處。明日，見馬在五斗罌
中，終不可破取，不知何方得取之。便往語言：「君作百人
廚，以周一方窮乏，馬當得出耳。」主人即狼狽作之，畢，
馬還在柱下。明旦，其父母老在堂上，忽復不見，舉家惶
怖，不知所在。開妝器，忽然見父母在澤壺中，不知何由得
出。復往請之，其人云：「君當更作千人飲食，以飴百姓窮
者，乃當得出。」既作，其父母自在床上也。

　　外國道人入籠及懲富濟貧之變幻莫測的故事，是傳統方術
所未道及者。唐段成式《酉陽雜俎》續集「貶誤篇」謂之出自釋
典：「釋氏《譬喻經》云，昔梵志作術，吐出一壺，中有女子與
屏，處作家室。梵志少息，女復作術，吐出一壺，中有男子，
復與共臥。梵志覺，次第互吞之，柱杖而去。」《譬喻經》即佛
經《舊雜譬喻經》二卷，經文以譬喻宣揚教義，為三國時僧人唐
僧會（西元？年至西元二八○年）譯。《靈鬼志》所記，是荀氏
據佛經改作，還是據民間傳說寫成，不復可考，但它與佛經有
關則是無可懷疑的。南朝梁代吳均《續齊諧記》敘「鵝籠陽羨書
生」，將外國道人改為陽羨書生，雖則中國化了，但基本情節仍

舊未變。這種空間伸縮、恍惚變化的意象,給後世小說構思魔幻情節提供了想像的依據。

第三章
南北朝志怪的嬗變

第一節　志怪嬗變的外部條件

志怪是巫風、方術和宗教的產物，它本是神鬼怪異的記錄，但它在發展過程中漸次加入文學因素，一部分作品向著小說的方向嬗變。這種嬗變，到南北朝時期更為明顯。

南朝指東晉、宋、齊、梁、陳五個朝代，自晉元帝於西元三一七年在建康立國，至西元五八九年陳被隋滅，前後兩百七十三年。北朝與南朝五代共時，它經歷了北魏、東魏、西魏、北齊和北周幾個朝代。原為北周重臣的楊堅於西元五八一年滅周建立隋朝，又於八年後滅南朝陳，結束了西晉以來近三百年的分裂局面。

西晉土崩瓦解之時，世居黃河流域的北方士族和他們的部曲大量南遷，這是中國歷史上一次人口大遷徙，也是一次經濟和文化的大轉移。北朝武裝割據的是匈奴、羯、鮮卑、氐、羌五族，此後鮮卑拓跋部的魏統一了北方，推行均田制和漢化政策，是中國歷史上一次民族大融合。南方經濟的開發和地理空間的拓展，擴大了南朝志怪的視野，與江南地貌有關的洞仙說和與水有關的神怪說興盛起來。然而對南北朝志怪創作產生深刻影響的，還是成熟了的道教、正在中國化的佛教和具有主體意識的文學思想。

南北朝是道教發展史上的整合期。道教的整合包括思想、神譜、組織、禮儀、修行等多個方面，這個過程是將散亂在民

間的方士、巫覡、道士混雜的民間教派整合成有系統神學理
論、完整神仙譜系、嚴格教規戒律的教團組織和有明確統一的
宗教實踐體系的教會——道教。推動道教這一歷史性整合的重
要人物有東晉的葛洪（西元二八三年至西元三六三年）、北朝的
寇謙之（西元三六五年至西元四四八年）、南朝的陸修靜（西
元四〇六年至西元四七七年）和陶弘景（西元四五六年至西元
五三六年）。道教在南北朝志怪中有深刻的烙印。葛洪《抱朴子》
主張神仙實有，長生能致，仙人可學，為民眾接近神仙開啟了
一扇想像的大門。志怪中已有遇仙的故事，到南北朝便數量大
增。葛洪指神仙亦即隱士，仙境亦即世外桃源，神仙不只在崑
崙和蓬萊，凡海內名山皆有他們的蹤跡。這無疑縮小了人與神
仙的空間距離，為志怪的神仙想像提供了更大的空間。葛洪更
把傳統的五氣變化說理論化，《抱朴子·內篇》說，「變化者，
乃天地之自然」，「若謂受氣皆有一定，則雉之為蜃，雀之為
蛤，壤蟲假翼，川蛙翻飛，水蠆為蛉，荇苓為蛆，田鼠為鴽，
腐草為螢，黿之為虎，蛇之為龍，皆不然乎？若謂人稟正性，
不同凡物，皇天賦命，無有彼此，則牛哀成虎，楚嫗為黿，枝
離為柳，秦女為石，死而更生，男女易形，老彭之壽，殤子之
夭，其何故哉？苟有不同，則其異有何限乎？」葛洪之說，在
樸素的辯證思想中夾雜著非科學的迷信成分，其宗旨當然是為
道教神仙思想和法術，但同時也為志怪中精怪變化故事提供了

土壤。與這種物類變化相連繫的是法器的出現，例如鏡，葛洪《抱朴子・內篇・登涉》記了兩個鏡的故事，其一曰：

> 昔張蓋蹋及偶高成二人，並精思於蜀雲臺山石室中，忽有一人著黃練單衣葛巾，往到其前曰：「勞乎道士，乃辛苦幽隱！」於是二人顧視鏡中，乃是鹿也。因問之曰：「汝是山中老鹿，何敢詐為人形！」言未絕，而來人即成鹿而走去。[01]

按葛洪的說法，「萬物之老者，其精悉能假託人形，以眩惑人目而常試人，唯不能於鏡中易其真形耳」。《搜神後記》記有淮南陳氏用銅鏡照二美女為二鹿的記載。隋唐之際《古鏡記》更是以鏡為主線編織出神奇的故事。道教宣傳他們的法術對小說也有很大影響，鬥法成為後世小說情節的一個重要元素。

佛教本是外來宗教，在傳入中國後逐漸吸收玄學和儒學思想，南北朝時期基本完成漢化的過程。《世說新語》記僧人支湣度將渡江南下時，為獲得信眾解決衣食問題，特將佛學與玄學結合：「湣度道人始欲過江，與一傖道人為侶。謀曰：『用舊義往江東，恐不辦得食。』便共立心無義。既而此道人不成渡，湣度果講義積年。後有傖人來，先道人寄語云：『為我致意湣度，無義那可立？治此計權救饑爾，無為遂負如來也。』」[02]

01　葛洪：《抱樸子・內篇》第十七〈登涉〉，《諸子集成》第八冊，上海古籍出版社 1986 年影本，第 77 頁。

02　《世說新語》第二十七〈假譎〉，徐震堮：《世說新語校箋》，中華書局 1984 年版，第 459 頁。

所謂「心無義」，就是玄學的虛空，與佛教教旨相去甚遠。南下名僧多精熟玄理並博通儒學，能在玄學、儒學中左右逢源，贏得朝廷及士族的青睞。慧遠（西元三三四年至西元四四六年）就主張「內（佛）外（儒玄）之道，可合而明」，與葛洪《抱朴子》分內外篇，內篇講道，外篇講儒，道儒結合，乃是同一思想路線。佛與儒、玄結合，完成佛的漢化，也使佛教成為中華文化的一部分。佛教在中國的廣泛傳播，使得南北朝志怪，無論是題材還是思想，均發生了顯著變化。魯迅說：「還有一種助六朝人志怪思想發達的，便是印度思想之輸入。因為晉、宋、齊、梁四朝，佛教大行，當時所譯的佛經很多，而同時鬼神奇異之談也雜出，所以當時合中印兩國底鬼怪到小說裡，使它更加發達起來。」[03]

　　此前中土並無生死輪迴之說，儒家不談死後問題，孔子曰「未知生，焉知死」，而方士道士則說人死變鬼，特殊的人可以長生或者成仙。佛教帶來生死輪迴之說，說人有前世、今世和來世，三世輪迴，輪轉的去處有六道：地獄、惡鬼、畜生、人、阿修羅、天，人死轉向哪一個道，完全由人的現世行為決定。積德行善，來世轉為阿修羅或升入天界；作惡不規，則轉世為惡鬼、畜生，甚至墮入地獄。三世因緣的觀念不僅解決了死往何處的問題，同時也回答了我生何來的問題，比道教思想更縝

03　魯迅：《中國小說的歷史的變遷》。

密、更虛無。生死輪迴打破了人死歸於泰山的傳統之說，使南北朝志怪有了新的主題。

　　與生死輪迴伴生的是因果報應觀念。中國傳統思想中本來就有報應觀念，《周易・坤卦・文言》曰：「積善之家，必有餘慶。積不善之家，必有餘殃。」講的是現世報。神仙道教吸收了傳統思想，它講報應是在修道成仙的基點上立論，葛洪就強調求長生者必須積善立功、慈心於物，否則不能成仙，也是講現世報。佛教認為今世是前世的果，同時又是來世的因，因果報應在生死輪迴的循環內。它不是現世報，而是來世報。佛教的三世六道的地獄，對當時的中國人來說也是新概念，它逐漸取代了傳統的人死歸泰山之說。南北朝志怪出現許多因果報應、生死輪迴和地獄的描寫，都是前無古人的。

　　給予南北朝志怪以深刻影響的還有當時已具主體意識的文學思想，它是推動志怪向小說發展的巨大動力。先秦時文學與學術不分家，兩漢雖有「文學」與「文章」之別，但「文學」仍包含有學術性質的作品，魏晉將學術分為「經學」、「史學」、「玄學」、「文學」，文學雖然是學術的一個組成部分，但總算與「經學」等區別，獨立門戶。南北朝時文學的主體意識更加明晰，標誌是劉勰的《文心雕龍》和鐘嶸的《詩品》的出現。清人章學誠說：「《詩品》之於論詩，視《文心雕龍》之於論文，皆專門名家，勒為成書之初祖也。《文心》體大而慮周，《詩品》思深而意遠。

蓋《文心》籠罩群言，而《詩品》深從六藝溯流別也。論詩論文而知溯流別，則可以探源經籍，而進窺天地之純，古人之大體矣。」[04]

《文心雕龍》和《詩品》對詩文的體裁、創作和批評各方面系統論述，建立了古代文學批評的較為完備的系統，讓文學有理論可支撐。

一部分志怪對文學性的追求，使得傳統志怪發生了更為明顯的分化。一部分因循傳統，雖然題材有了更多宗教類型，但實錄異聞的原則沒有改變；另一部分突破實錄原則，藉異聞抒發作者的胸臆，追求審美趣味，文字從簡古走向鋪張藻麗，蛻變成傳奇小說。

第二節　道家神仙志怪

為神仙作傳，漢代有劉向《列仙傳》，東晉則有葛洪《神仙傳》。葛洪撰《神仙傳》是要向俗眾宣傳道教，他在此書自序中說：「洪著《內篇》（按：《抱朴子・內篇》），論神仙之事，凡二十卷。弟子滕升問曰：『先生曰仙化可得，不死可學，古之得仙者，豈有其人乎？』答曰：『昔秦大夫阮倉所記有數百人，劉向所撰，又七十一人。蓋神仙幽隱，與世異流，世之所聞者，

04　章學誠著，葉瑛校注：《文史通義校注》卷五〈內篇五・詩話〉，中華書局1994年版，第559頁。

猶千不及一者也。……』余今復抄集古之仙者見於仙經、服食方及百家之書、先師所說、耆儒所論，以為十卷，以傳知真識遠之士。」[05]

相較《列仙傳》，葛洪的《神仙傳》有更濃厚的道教色彩，《舊唐書》、《新唐書》的《經籍志》都把它歸在「道家類」，實質上也是道教的輔教之書。《神仙傳》記了多少仙人，今存各本的數字有些不同。《四庫全書》據明毛晉刊本，記八十四仙人；《廣漢魏叢書》本、《龍威祕書》本、《說庫》本記九十二仙人。這些仙人傳記中，較有文學趣味的如〈欒巴傳〉：

> 欒巴者，蜀郡成都人也。……廬山廟有神，能於帳中共外人語，飲酒空中投杯。人往乞福，能使江湖之中分風舉帆，行各相逢。巴至郡，往廟中，便失神所在。巴曰：「廟鬼詐為天官，損百姓日久，罪當治之。」以事付功曹，巴自行捕逐，若不時討，恐其後遊行天下，所在血食，枉病良民。責以重禱，乃下所在，推問山川社稷，求鬼蹤跡。此鬼於是走至齊郡，化為書生，善談五經，太守即以女妻之。巴知其所在，上表請解郡守往捕。其鬼不出。巴謂太守：「賢婿非人也，是老鬼詐為廟神。今走至此，故來取之。」太守召之不出。巴曰：「出之甚易。」請太守筆硯設案，巴乃作符。符成，長嘯空中，忽有人將符去，亦不見人形，一坐皆驚。符至，書生向婦涕泣曰：「去必死矣。」須臾，書生自齎符來，至庭，見巴不敢前。巴叱曰：「老鬼何不復爾形？」應聲即

05　引自《四庫全書》本《神仙傳》。

變為一狸，叩頭乞活。巴敕殺之，皆見空中刀下，狸頭墮地。太守女已生一兒，復化為狸，亦殺之。[06]

　　葛洪站在神仙貴族道教立場，堅決反對「淫祠妖邪」，此篇斬除狸精的故事即表現了這種思想。從文學角度看，它寫欒巴作符作法，乃是志怪情節中的新元素，對後世小說的情節構思提供了一個重要元素。

　　以雜史體寫道教神仙的有北朝秦的《拾遺記》。《隋書·經籍志》雜史類著錄為二卷，但《晉書·王嘉傳》謂十卷，今傳本十卷為南朝梁蕭綺所搜集編訂。《拾遺記》作者王嘉，字子年，隴西安陽（今甘肅秦安縣東北）人，是前秦、後秦時期著名的方士。《晉書》本傳說他「輕舉止，醜形貌，外若不足，而聰睿內明。滑稽好語笑，不食五穀，不衣美麗，清虛服氣，不與世人交遊。隱於東陽穀，鑿崖穴居，弟子受業者數百人，亦皆穴處」。但王嘉並非真的隱士，高僧道安勸他一同歸隱，他卻不能超脫，結果捲入政治，被姚萇所殺。

　　《拾遺記》用紀年體，從三皇五帝到後趙石虎，依次記敘各代傳聞逸事。這些傳聞逸事多屬神奇怪異，為正史所不載，故稱「拾遺」。王嘉以史書形式志怪，有方士宣傳神仙方術的一面，同時也有鏡鑑當下，譏切時王的一面。如卷五〈前漢上〉記秦始皇墓塚生殉工人事，卷六〈前漢下〉記漢靈帝造裸遊館事，

06　引自《四庫全書》本《神仙傳》。

卷七〈魏〉記魏文帝大興土木、大肆鋪張迎接美人薛靈芸事，卷八〈吳〉記孫亮愛寵四姬事，卷九〈晉時事〉記石崇豪富奢侈事、石虎造樓臺鑿溫池事等，無疑有針砭之意。至於所記怪異預兆亂亡之事，則本於天譴說，如卷九〈晉時事〉記金草化為楊樹，預兆西晉崩解，就是一例。王嘉雖然是個方士，但並不認為方術有回天之功。「德之不均，亂將及矣」（《拾遺記》卷三〈周靈王〉），為政之道在修德，祥瑞災異只是上天對人事的品評而已。若以史傳論衡《拾遺記》，則如《四庫全書總目》所評，「其言荒誕，證以史傳皆不合，如皇娥宴歌之事，趙高登仙之說，或上誣古聖，或下獎賊臣，尤為乖迕」[07]。但若以小說觀之，則恣情迂誕、辭富膏腴，正是文學所必須。

　　卷一記唐堯時有「貫月查」（亦稱「掛星查」）浮繞四海，十二年一周天，周而復始。「查上有光，夜明晝滅。海人望其光，乍大乍小，若星月之出入矣。」、「羽人棲息其上。」這頗似外星人飛行器。卷一記顓頊時「有曳影之劍，騰空而舒，若四方有兵，此劍則飛起指其方，則克伐；未用之時，常於匣裡，如龍虎之吟」。這曳影之劍，或可類比今天的導彈。卷四記秦始皇時，「有宛渠之民，乘螺舟而至。舟形似螺，沉行海底，而水不浸入。一名淪波舟」。淪波舟似為想像中的潛水艇。這些奇特的意象，表現了豐富的想像力。《拾遺記》卷十對於仙境「洞庭

07　《四庫全書總目》卷一四二〈子部・小說家類三〉，中華書局 1965 年版，第 1207 頁。

山」的描繪，則更具文學特色：

> 洞庭山浮於水上，其下有金堂數百間，玉女居之……其山又
> 有靈洞，入中常如有燭於前。中有異香芬馥，泉石明朗。採
> 藥石之人入中，如行十里，迥然天清霞耀，花芳柳暗，丹樓
> 瓊宇，宮觀異常。乃見眾女，霓裳冰顏，豔質與世人殊別。
> 來邀採藥之人，飲以瓊漿金液，延入璿室，奏以簫管絲桐。
> 餞令還家，贈之丹醴之訣（「之訣」疑當作「為訣」，訣，別
> 也）。雖懷慕戀，且思其子息，卻還洞穴，還若燈燭導前，
> 便絕飢渴，而達舊鄉。已見邑裡人戶，各非故鄉鄰，唯尋得
> 九代孫。問之，云：「遠祖入洞庭山採藥不還，今經三百年
> 也。」其人說於鄰里，亦失所之。[08]

此篇描寫仙境採用「採藥者」的主觀視角，調動了視覺、嗅
覺、味覺和聽覺，將一個清新、絢麗、優雅的境界呈現出來。
洞庭山仙境與世俗只有一洞之隔，空間轉換自然而又簡單。《洞
冥記》已有仙家半日、人世經年之說，此篇則形象地描寫了採藥
人仙界無多天，而人間已三百年。稍後的《搜神後記》有袁相、
根碩遇仙，《幽明錄》有劉晨、阮肇遇仙，凡人得入仙界，是這
個時代神仙傳說的新的特點。

撰著《神仙傳》的葛洪是道教理論家，但他並不是道士，《拾
遺記》的作者王嘉是一位方士，而編撰《冥通記》的陶弘景卻是
南朝梁的著名道士。陶弘景（西元四五六年至西元五三六年），

08　引自《拾遺記》，中華書局 1981 年版。

字通明，丹陽秣陵（今江蘇南京）人。《南史》卷七十六有傳，說他「至十歲，得葛洪《神仙傳》，晝夜研尋，便有養生之志」。成人，仕宦不甚得意，三十七歲時上表辭祿，退隱茅山，自號華陽隱居，弘揚上清經，開創茅山宗，建立神仙譜系，為道教的理論和實踐做出了貢獻。《冥通記》又名《周子良冥通記》，《隋書·經籍志》著錄為一卷，不題撰人，《舊唐書·經籍志》題陶弘景撰。此書記陶弘景弟子周子良感遇仙人事。卷首有陶氏所撰《周子良傳》，敘周子良十二歲上茅山拜陶氏為師學道，梁天監十四年（西元五一五年）遇仙通靈，次年去世，年僅二十。周子良死前將自己感遇仙人的記錄封藏於山，陶弘景覓得後，整理並加按語、注釋，編成此書。此說真偽難辨，不排除陶弘景自神其道加以編造的可能性。此書與已有的神仙志怪書比較，道教宣教意味濃厚，文學上無所建樹。全書按月日次第記敘與仙人交往，例如：

> 六月十一日夜，有一女人來嶺裡，形貌妍麗，作大髻，通青衣。言曰：「今夕易遷中有四人欲來爾所住處，今既在此，當不果。至十九日，只當來耳。」子良言：「侍從師還此，不知今夕有垂降者。欲還住處仰俟，可得爾不？」女曰：「既已在此，已夜，不復須還，恐人相疑，亦不須道今夕來此意。」子良問：「不審氏字，可得示不？」女曰：「姓李字飛華，淮陰人，來易遷中已九十四年。既始受學，未能超進。今者之來，乃趙夫人見使。」便別曰：「十九日期君於西阿。」

子良斂手而別。

文中記子良與仙人對話，只在證明與仙人曾有交往，略無情感交集，亦缺乏場景描寫，淡而無味。

第三節　釋氏輔教之書

南北朝佛教在中土廣為傳播，佛家經典陸續被譯成漢文，信眾由社會上層漸次擴至平民百姓。各種宣揚佛家神靈和輪迴因果的論說勃然而興，佛教信徒仿傳統志怪文體，匯集各種傳說編撰成書，成為時代的風氣。這些志怪書後來多次被佛教典籍，如唐釋道世《法苑珠林》等書徵引[09]，魯迅稱之為「釋氏輔教之書」。

伴隨著佛教的傳播，南北朝佛像製作勃然而興，現存河西走廊的一些石窟、北魏雲岡石窟，以及南北朝留存至今的少量銅製佛像，就記錄了當年皇室和民間造像的熱忱。南北朝又是一個社會紛亂的時代，有造像頂禮膜拜者，也有滅佛和毀像營利者，齊代王琰〈冥祥記自序〉就說，「於時百姓競鑄錢，亦有盜毀金像以充鑄者」[10]。圍繞對佛像和佛菩薩的態度，大講菩薩有靈，是這個時期佛家志怪的一個重要主題。南朝記敘觀世音應驗故事就有三種：傅亮《光世音應驗記》、張演《續光世音應

09　參見陳垣：《中國佛教史籍概論》卷三《法苑珠林》，上海世紀出版集團 2001 年版。
10　引自魯迅《古小說鉤沉》。

驗記》、陸杲《系觀世音應驗記》，此三種今有合印點校本《觀
世音應驗記三種》（中華書局一九九四年版）。

　　南朝宋劉義慶編撰的《宣驗記》較有影響，原書已佚，魯迅
《古小說鉤沉》輯有三十五條。劉義慶是《世說新語》的編撰者，
《宋書》說他「晚節奉沙門頗致費損」，主持撰著《宣驗記》當然
是旨在弘揚佛法。其中有關佛像的就有三則：

> 史雋有學識，奉道而慢佛，常語人云：「佛是小神，不足事
> 也。」每見尊像，恆輕誚之。後因病腳攣，種種祈福，都無
> 效驗。其友人趙文謂曰：「經道福中第一。可試造觀音像。」
> 雋以病急，如言鑄像。像成，夢觀音。果得差。

> 陳玄範妻張氏，精心奉佛，恆願自作一金像，終身供養。有
> 願皆從。專心日久，忽有觀音金像，連光五尺，見高座上。

> 相州鄴城中，有丈六銅立像一軀。賊丁零者，志性凶悖，無
> 有信心。乃彎弓射像面，血下交流。雖加瑩飾，血痕猶在。
> 又選五百力士，令挽僕地，消鑄為銅，擬充器用。乃口發大
> 聲，響烈雷震。力士亡魂喪膽，人皆仆地，迷悶宛轉，怖
> 不能起。由是賊侶慚惶，歸信者眾。丁零後時著疾，被誅乃
> 死。[11]

　　上述三條，都是宣傳一個道理：尊崇佛像即有靈驗，慢佛
毀像即有災禍。更神奇的是一個死刑犯因造觀音像，臨刑刀折

11　三條引文皆引自魯迅《古小說鉤沉》。下不再注。

而人無恙：

> 吳郡人沈甲，被繫處死。臨刑市中，日誦觀音名號，心口不
> 息。刀刃自斷，因而被放。一云，吳人陸暉繫獄，分死，乃
> 令家人造觀音像，冀得免死。臨刑，三刀，其刀皆折。官問
> 之故，答云：「恐是觀音慈力。」及看像，項上乃有三刀痕
> 現，因奏獲免。

《宣驗記》反映了佛教初傳時期的宣教水準和風格，文中的意象與傳統志怪已有顯著差異。

《冥祥記》是南朝又一部影響較大的釋家輔教之作。《隋書·經籍志》著錄為十卷，撰者王琰。王琰〈冥祥記自序〉談及他供奉守護觀世音金像始末，亦為他撰寫《冥祥記》之緣起：

> 琰稚年在交阯。彼土有賢法師者，道德僧也。見授五戒，以
> 觀世音金像一軀，見與供養；形制異今，又非甚古，類元嘉
> 中作。熔鑄殊工，似有真好。琰奉以還都。時年在齠齔，與
> 二弟常盡勤至，專精不倦。後治改弊廬，無屋安設，寄京
> 師南澗寺中。於時百姓競鑄錢，亦有盜毀金像以充鑄者。時
> 像在寺，已經數月。琰晝寢，夢見立於座隅，意甚異之。時
> 日已暮，即馳迎還。其夕，南澗十餘軀像悉遇盜亡。其後久
> 之，像於曛暮間放光，顯照三尺許地，金輝秀起，煥然奪
> 目。琰兄弟及僕役同睹者十餘人。於時幼小，不即題記。比
> 加撰錄，忘其日月，是宋大明七年秋也。至泰始末，琰移居
> 烏衣，周旋僧以此像權寓多寶寺。琰時暫遊江都，此僧仍適
> 荊楚，不知像處，垂將十載。常恐神寶與因俱絕。宋升明

末，遊躅峽表，經過江陵，見此沙門，乃知像所。其年，琰
還京師，即造多寶寺訪焉。寺主愛公，云無此寄像。琰退，
慮此僧孟浪，將遂失此像，深以惆悵。其夜，夢人見語云：
「像在多寶，愛公忘耳，當為得之。」見將至寺，與人手自
開殿，見像在殿之東眾小像中，的的分明。詰旦造寺，具以
所夢請愛公。愛公乃為開殿，果見此像在殿之東，如夢所
睹。遂得像還。時建元元年七月十三日也。像今常自供養，
庶必永作津梁。循復其事，有感深懷，沿此征覿，綴成斯
記……

　　這是一篇序言，也可視為《冥祥記》的一篇志怪作品，代表
了該書的宗旨和敘事風格。《冥祥記》原書已佚，魯迅《古小說
鉤沉》輯得佚文一百三十一條，今王國良對《古小說鉤沉》進行
甄別和補輯，著有新的校輯本，見《冥祥記研究》（臺灣文史哲
出版社一九九九年版）。

　　《冥祥記》描寫地獄較詳是它的特點。這些作品都是藉由死
而復生之人的口進行倒敘，如趙泰、沙門支法衡、程道德、沙
門慧達、沙門僧規、沙門智達等。趙泰入黑門進地獄所見：

所至諸獄，楚毒各殊。或針貫其舌，流血竟體；或被頭露
髮，裸形徒跣，相牽而行。有持大杖，從後催促。鐵床銅
柱，燒之洞然，驅迫此人，抱臥其上，赴即焦爛，尋復還
生。或炎爐巨鑊，焚煮罪人。身首碎墮，隨沸翻轉。有鬼持
叉，倚於其側。有三四百人，立於一面，次當入鑊，相抱悲
泣。或劍樹高廣，不知限量。根莖枝葉，皆劍為之。人眾相

訾，自登自攀，若有欣意。而身首割截，尺寸離斷。

慧達所見，還有「寒冰獄」，「其處甚寒，有冰如席，飛散著人，著頭頭斷，著腳腳斷」；又有「刀山地獄」，殘酷至極。這些駭人景象無非是在告誡世人，要為善積德，奉持佛法。沙門僧規入地獄還見有「稱量罪福之秤」，人被牽至上秤稱罪福之多寡，然後決定懲罰與否。「地獄」的概念由佛教傳入，《冥祥記》之類的志怪書加以形象化的描繪，很快在民間普及，它與人死歸於泰山的傳統說法顯有不同，不僅對民間意識有深遠影響，而且也為後世小說創作提供了素材。

與地獄相連繫的是因果報應和生死輪迴。對此，《冥祥記》也有不少宣傳。入地獄受酷刑者為生前作惡者。「稱量罪福之秤」即量化人生前的善惡。上文敘及的趙泰，出地獄往「受變形城」，在該城核查善惡，決定轉世。「殺生者當作蜉蝣，朝生暮死；劫盜者當作豬羊，受人屠割；淫泆者作鶴鶩獐麇，兩舌者作梟鵂鶹，捍債者為驢騾牛馬。」如何能免除地獄和轉世為禽獸之苦，趙泰問主事者，回答是「奉法弟子，精進持戒，得樂報，無有謫罰也」。而且即使有了罪過，只要奉佛事法，皆可除去。

《冥祥記》還寫了許多禮佛而除去病痛及災難的應驗故事，這是釋氏輔教之書表現得最多的一個主題。如歸佛除病：

> 時宋淮南趙習，元嘉二十年為衛軍府佐，疾病經時，憂必不濟，恆至心歸佛。夜夢一人，形貌秀異，若神人者，自屋

梁上以小裹物及剃刀授習，云：「服此藥，用此刀，病必即愈。」習既驚覺，果得刀藥焉，登即服藥，疾除。出家名僧秀，年逾八十乃亡。

如舟行江中遇暴風狂浪，誦〈觀世音經〉而脫險：

宋沙門竺惠慶，廣陵人也，經行修明。元嘉十二年，荊揚大水，川陵如一。惠慶將入廬山，船至小，而暴風忽起，同旅已得依浦，唯惠慶船未及得泊。漂揚中江，風疾浪湧，靜待淪覆。慶正心端意，誦《觀世音經》。洲際之人望見其船迎颷截流，如有數十人牽挽之者，徑到上岸，一舫全濟。

諸如此類，不勝枚舉。瑞驗情節與其他輔教之志怪書所記大體相同，並無特別之處。

南朝的釋氏輔教之書除劉義慶的《宣驗記》和王琰的《冥祥記》之外，還有《感應傳》、《徵應傳》、《宣明驗》、《補續冥祥記》、《因果記》等。這些書也都亡佚，或有佚文殘存在別的書中，但對後世都影響甚微。

北朝釋氏輔教之書也大多亡佚，僅存書名者有《搜神論》、《鬼神錄》、《驗善知識傳》、《舍利感應記》、《感應傳》等，殘存佚文的有《旌異記》。魯迅《中國小說史略》將《冤魂志》列入此類，似有不妥，作者顏之推雖信佛，但《冤魂志》記載的都是冤魂報仇之事，與弘揚佛法大有差異，故列入他類。

《旌異記》十五卷，《隋書·經籍志》雜傳類著錄，題侯白撰。原書已佚，魯迅《古小說鉤沉》輯得佚文十條。侯白，字

君泰，魏郡鄴人。由北朝入隋。有捷才，性滑稽，好為俳諧雜說。又篤信佛教。撰《旌異記》及笑話集《啟顏錄》（又名《笑林》）等。北周武帝繼北魏太武帝之後於建德三年（西元五七四年）滅佛，四年後（西元五七八年）滅齊，摧毀各處寺廟佛像，隋高祖楊堅信佛，傳說他少時得到尼智仙養育護持，受周禪（西元五八一年）即帝位後即大興佛教。侯白《旌異記》就是這復興佛教的產物。書中記寺廟被毀後的神異：

> 高齊初，沙門寶公者，嵩山高棲士也。且從林廬向白鹿山，因迷失道。日將過中，忽聞鐘聲。尋響而進，岩岫重阻，登陟而趨，乃見一寺，獨據深林。山門正南，赫奕輝煥。前至門所看額，云「靈芝寺」。門外五六犬，其大如牛，白毛黑喙，或踴或臥，以眼眄寶，寶怖將返。須臾見胡僧外來，寶喚不應，亦不回顧，直入門內，犬亦隨入。良久，寶見無人，漸入次門，屋宇四周，門房並閉。進至講堂，唯見床榻，高座儼然。寶入西南隅床上坐，久之，忽聞棟間有聲。仰視，見開孔如井大，比丘前後從孔飛下，遂至五六十人。依位坐訖，自相借問：「今日齋時，何處食來？」或言豫章、成都、長安、隴右、薊北、嶺南、五天竺等，無處不至，動即千萬餘里。末後一僧，從空而下，諸人競問：「來何太遲？」答曰：「今日相州城東彼岸寺鑑禪師講會，各各豎義，有一後生，聰俊難問，詞音鋒起，殊為可觀，不覺遂晚。」寶本事鑑為和上，既聞此語，望得參話，希展上流，整衣將起，諮諸僧司：「鑑是寶和上。」諸僧直視，忽隱寺所在，

獨坐磐石柞木之下。向之寺宇，一無所見。唯睹岩穀禽鳥，
翔集喧亂。及出，以問尚統法師，尚曰：「此寺石趙時佛圖
澄法師所造，年歲久遠，賢聖居之，非凡所住，或泛或隱，
遷徙無定。」今山行者，猶聞鐘聲。[12]

文中說靈芝寺是十六國時期石趙時（西元三一九年至西元
三五〇年）所建，距高齊初已有將近二百年了，早已被毀，但神
靈仍在。此篇以實公的視角，描述了虛幻的靈芝寺，記錄了從
天而降的比丘們的對話，虛幻與現實的轉換，神奇而且自然，
顯示出作者高超的敘事能力。

第四節　志怪向小說的演進

志怪發展到南北朝時期，一部分自覺地轉向為宗教服務，
產生了一批道家神仙志怪和釋氏輔教書，另一部分則還是沿著
傳統志怪的路線發展，它們雖然也不同程度受到佛、道和巫風
的影響，但堅持世俗化的述異志怪的宗旨，受時代文學風氣的
薰染，不再嚴守實錄見聞的原則，越來越追求故事的完整，敘
事也漸多鋪張藻飾，「尺寸短書」的限制也被打破，有些作品已
近乎文學性的小說。

《搜神後記》

12　引自魯迅《古小說鉤沉》。

《搜神後記》,《隋書‧經籍志》著錄為十卷,陶潛撰。原書已佚。今存汪紹楹校注十卷本一百一十七條乃據清代張海鵬《學津討原》本作為底本整理校勘,而最早輯佚成今本規模的是明代中期的胡應麟、胡震亨等人,見於胡震亨所刊《祕冊匯函》。

　　此書作者是否是陶潛,存在爭議。《四庫全書總目》認為是偽託,今人余嘉錫《四庫提要辨證》力駁此說,「梁釋慧皎《高僧傳》序云:『陶淵明《搜神錄》……』則此書之題作陶潛,自梁已然,遠在《隋志》之前。慧皎《高僧傳》,《四庫》未收,故《提要》不知引證也」[13]。陶潛（約西元三六五年至西元四二七年）,字元亮,又字淵明,潯陽柴桑（今江西九江）人。曾祖陶侃為東晉初名臣,祖父陶茂曾任武昌太守,父早亡。陶潛「閒靜少言,不慕榮利」（〈五柳先生傳〉）,出仕做過江州祭酒、鎮軍參軍、建威參軍,以及彭澤令,後棄官歸隱。陶潛以詩聞名,尤其是他的田園詩。他有詩謂「天道幽且遠,鬼神茫昧然」,生性曠達,不迷信鬼神,但他對志怪頗有興趣,曾寫〈讀山海經〉詩十三首,《搜神後記》繼續了《搜神記》的文絡,而宗旨卻不在「發明神道之不誣」。

　　他也寫「仙境類」志怪,但卻是別有一番意趣,例如卷一〈桃花源〉:

　　　晉太元中,武陵人,捕魚為業,緣溪行,忘路之遠近;忽逢

13　汪紹楹校注:《搜神後記》附錄,中華書局 1981 年版,第 147 頁。

桃花林，夾岸數百步，中無雜樹，芳草鮮美，落英繽紛；漁人甚異之。復前行，欲窮其林。林盡水源，便得一山。山有小口，彷彿若有光，便舍船，從口入。初極狹，纔通人；復行數十步，豁然開朗。土地平曠，屋舍儼然。有良田、美池、桑、竹之屬，阡陌交通，雞犬相聞。其中往來種作，男女衣著，悉如外人；黃髮垂髫，並怡然自樂。見漁人，乃大驚，問所從來；具答之。便要還家，設酒、殺雞、作食。村中聞有此人，咸來問訊。自云：「先世避秦時亂，率妻子邑人來此絕境，不復出焉；遂與外人間隔。」問「今是何世？」乃不知有漢，無論魏、晉！此人一一為具言所聞，皆歎惋。餘人各復延至其家，皆出酒食。停數日，辭去。此中人語云：「不足為外人道也。」既出，得其船，便扶向路，處處誌之。及郡下，詣太守，說如此。太守即遣人隨其往，尋向所誌，遂迷不復得路。南陽劉子驥，高尚士也，聞之，欣然規往，未果，尋病終。後遂無問津者。[14]

　　凡人誤入仙境是魏晉以來志怪的常見主題，如王嘉《拾遺記》中的〈洞庭山〉等。漁人乘舟緣溪見桃林入山口，也是「誤入」。此篇不同於一般「誤入仙境」的作品，首先是「仙境」無甚仙氣，沒有丹樓瓊宇，也沒有霓裳冰顏，屋舍良田、男女衣著皆與世間無別，唯怡然自樂而已。所食也非瓊漿玉液，設酒殺雞，悉同世人。其次沒有仙境和世間的時間差，所謂仙境一日，凡間數年，桃花源沒有這種差異。看起來，桃花源只是百

14　汪紹楹校注：《搜神後記》，中華書局 1981 年版。下不再注。

姓安居樂業的快樂之境；然而又不盡如此，當漁人欲再尋舊路踏訪，卻已不復可得，分明不是現實的存在。這種非仙非俗、恍惚迷離的境界，產生了一種非傳統志怪的魅力，它是人們嚮往的一種生活境界，「世外桃源」也就成為膾炙人口的成語。

《搜神後記》寫人鬼戀，更加強了對戀情的描寫，如卷四〈李仲文女〉：

> 晉時，武都太守李仲文在郡喪女，年十八，權假葬郡城北。有張世之代為郡。世之男字子長，年二十，侍從在廨中。夜夢一女，年可十七八，顏色不常，自言：「前府君女，不幸早亡。會今當更生。心相愛樂，故來相就。」如此五六夕。忽然晝見，衣服薰香殊絕。遂為夫妻，寢息，衣皆有汙，如處女焉。後仲文遣婢視女墓，因過世之婦相問。入廨中，見此女一隻履在子長床下。取之啼泣，呼言發塚。持履歸，以示仲文。仲文驚愕，遣問世之：「君兒何由得亡女履耶？」世之呼問，兒具道本末。李、張並謂可怪。發棺視之，女體已生肉，姿顏如故，右腳有履，左腳無也。子長夢女曰：「我比得生，今為所發。自爾之後遂死，肉爛不得生矣。萬恨之心，當復何言！」涕泣而別。

此篇頗類《列異傳》之〈談生〉，睢陽王女從墓中出來與談生成婚，談生不遵女所囑，偷以火燭照視其女，女即不復再生；此篇李仲文女因遺履被人發現，再不得生，情節模式並無二致。但此篇卻著意描寫李仲文女對情愛的追求，起初坦然相

就，別離時泣不成聲，「萬恨之心，當復何言！」人文精神更為濃烈。卷四〈徐玄方女〉也寫人鬼戀，但不是悲劇，徐玄方女終於起死回生，與所愛結為夫妻，生育二兒一女。文中描述徐玄方女從地下出來，先現頭髮，漸漸額出，次頭面出，又次肩項形體頓出，猶如出水一般，其景象十分奇特，志怪作品中很是罕見。但情感不及〈李仲文女〉強烈感人。

《幽明錄》

　　《幽明錄》，《隋書・經籍志》雜傳類著錄二十卷，劉義慶撰。原書已佚。魯迅《古小說鉤沉》輯有佚文二百六十五條。劉義慶（西元四〇三年至西元四四四年）是南朝宋宗室，劉裕仲弟長沙景王道憐之子，出嗣臨川王道規，襲封臨川王。《幽明錄》和他的志人作品《世說新語》大概都是他的門客們編撰，他只是主持總編而已。劉義慶編撰的志怪書還有《宣驗記》（見上一節），《宣驗記》專在弘揚佛法，而《幽明錄》則繼承傳統志怪，採集了大量前人志怪文獻，如《列異傳》、《博物志》、《搜神記》乃至《搜神後記》等，並收集當時民間傳說，編撰而成。《幽明錄》題材，神鬼精怪以及奇異之說皆有，近於《搜神記》。誤入仙境，寫得頗為鋪張的有〈劉晨阮肇〉：

> 漢明帝永平五年，剡縣劉晨、阮肇，共入天臺山取穀皮。迷不得返，經十三日，糧乏盡，饑餒殆死。遙望山上有一桃樹，大有子實，而絕巖邃澗，永（一作了）無登路。攀緣

藤葛，乃得至上。各噉數枚，而飢止體充。復下山，持杯取水，欲盥嗽，見蕪菁葉從山腹流出，甚鮮新，復一杯流出，有胡麻飯糝。相謂曰：「此必去人徑不遠。」便共沒水，逆流行二三里，得度山。出一大溪邊，有二女子，姿質妙絕。見二人持杯出，便笑曰：「劉、阮二郎捉向所失流杯來。」晨、肇既不識之，緣二女便呼其姓，如似有舊，乃相見忻喜。而悉問來何晚，因邀還家。其家銅瓦屋，南壁及東壁下各有一大床，皆施絳羅帳，帳角懸鈴，金銀交錯。床頭各有十侍婢，敕云：「劉、阮二郎經涉山（山且），向雖得瓊實，猶尚虛弊，可速作食。」食胡麻飯、山羊脯、牛肉，甚甘美。食畢行酒。有一群女來，各持三五桃子，笑而言：「賀汝婿來。」酒酣作樂。劉、阮忻怖交並。至暮，令各就一帳宿，女往就之。言聲清婉，令人忘憂。至十日後，欲求還去。女云：「君已來是，宿福所牽，何復欲還耶？」遂停半年。氣候草木是春時，百鳥啼鳴，更懷悲思，求歸甚苦。女曰：「罪牽君，當可如何？」遂呼前來女子，有三四十人，集會奏樂，共送劉、阮，指示還路。既出，親舊零落，邑屋改異，無相識。問訊得七世孫，傳聞上世入山，迷不得歸。至晉太元八年，忽復去，不知何所。[15]

　　劉晨、阮肇也是誤入仙境，這仙境的屋宇器用服飾和食物雖然華貴，但並不是聞所未聞、見所未見之物，與〈桃花源〉不同的是，這仙境只有仙女，沒有村落阡陌民戶，而且與凡間時間差異極大，仙境半年，世間已過了三百多年，劉、阮回家，

15　引自魯迅《古小說鉤沉》。下不再注。

見到的已是七世孫。劉、阮與仙女的短暫結合，只是「宿福所牽」，非情愛所致，此篇強調的是仙境之實在。不過，它的敘事和細節描寫，已有小說的雛形。另一篇寫黃原放犬逐鹿誤入仙境，又有別樣意趣。那仙境也是女兒國，黃原與仙女妙音結合，也是「冥數」所定。但分別之際，依依不捨，「解佩分袂，臨階涕泗」，情愛至深，並且黃原回家之後，思念妙音時，還可以常見軿車飛在空中。這情感的渲染又與「劉晨阮肇」不同。

《幽明錄》有兩篇作品寫愛情很有特色，一篇是〈買粉兒〉：

> 有人家甚富，止有一男，寵恣過常。遊市。見一女子美麗，賣胡粉，愛之。無由自達。乃託買粉。日往市。得粉便去。初無所言，積漸久，女深疑之。明日復來，問曰：「君買此粉，將欲何施？」答曰：「意相愛樂，不敢自達，然恒欲相見，故假此以觀姿耳。」女悵然有感，遂相許以私，尅以明夕。其夜，安寢堂屋，以俟女來。薄暮果到，男不勝其悅，把臂曰：「宿願始伸於此。」歡踊遂死。女惶懼不知所以。因遽去。明還粉店。至食時，父母怪男不起，往視，已死矣。當就殯斂，發篋笥中。見百餘裹胡粉。大小一積。其母曰：「殺我兒者，必此粉也。」入市遍買胡粉。次此女，比之，手跡如先。遂執問女曰：「何殺我兒。」女聞嗚咽，具以實陳。父母不信，遂以訴官。女曰：「妾豈復恡死。乞一臨屍盡哀。」縣令許焉。徑往，撫之慟哭曰：「不幸致此。若死魂而靈，復何恨哉。」男豁然更生，具說情狀。遂為夫婦，子孫繁茂。

此篇已逸出志怪範疇，男子死而復生固然神奇，但它所要表現的是現實的愛情。男子是富家子弟，女子是經營胡粉的小商，都是現實生活中的普通平民。男子愛上胡粉女郎，無以表達，遂日復一日去買胡粉，僅為一睹其芳顏；胡粉女郎為男子癡情所動，應約赴會，後又不懼一死而去撫屍慟哭，其情之真也甚為感人。現實與虛幻巧妙結合，與清代《聊齋志異》的同類題材作品不分伯仲。正因為如此，南宋《綠窗新話》稍作改動，題為《郭華買脂慕粉郎》，戲曲亦有據以改編者。

　　另一篇〈龐阿〉寫石氏少女鍾情於龐阿，竟魂離身軀與情人幽會：

> 鉅鹿有龐阿者，美容儀。同郡石氏有女。曾內覩阿。心悅之。未幾，阿見此女來詣阿。妻極妬。聞之。使婢縛之。送還石家。中路，遂化為煙氣而滅。婢乃直詣石家，說此事，石氏之父大驚曰。我女都不出門，豈可毀謗如此。阿婦自是常加意伺察之，居一夜，方值女在齋中，乃自拘執，以詣石氏。石氏父見之，愕貽曰。我適從內來，見女與母共作，何得在此。即令婢僕，於內喚女出，向所縛者。奄然滅焉。父疑有異，故遣其母詰之，女曰。昔年龐阿來廳中，曾竊視之。自爾彷彿。即夢詣阿。及入戶。即為妻所縛。石曰。天下遂有如此奇事。夫精情所感，靈神為之冥著，滅者蓋其魂神也。既而女誓心不嫁。經年，阿妻忽得邪病，醫藥無徵，阿乃授幣石氏女為妻。

愛上胡粉女的是痴男，此石氏女則是怨女，她愛之切竟至魂不守舍，出竅與情人相會，這「離魂」也就成了後世表現愛情的一個關目。唐代傳奇小說〈離魂記〉以及《靈怪錄》之〈鄭生〉、〈獨異記〉之〈韋隱〉均用此關目。元雜劇〈倩女離魂〉更讓「離魂」成為天下皆知的風流佳話。

《異苑》

《異苑》，《隋書‧經籍志》著錄為十卷，劉敬叔撰。原書已佚。明代萬曆年間胡震亨自稱發現宋鈔本，整理校定，收入《祕冊匯函》。後來毛晉又重加訂正，收進《津逮祕書》。今人范寧以《津逮祕書》十卷本為底本，校點排印，中華書局一九九六年出版。作者劉敬叔，生卒年不詳。東晉、南朝宋時人，東晉時曾做過郎中令，劉宋時任給事黃門侍郎，《異苑》是他在晚年撰寫的。

《異苑》十卷共三百八十二條，記有山川地理物種的異聞，卜夢吉凶兆驗之事，以及神鬼精怪的傳聞，內容廣泛雜多。劉敬叔據見聞實錄，不事鋪張藻繪，保持著「尺寸短書」的古風，其風格與《搜神後記》、《幽明錄》大不相同。《四庫全書總目》稱其「詞旨簡澹，無小說家猥瑣之習」，「有裨於考證亦不少矣」[16]。

16　《四庫全書總目》卷一四二〈子部‧小說家類三〉，中華書局 1965 年版，第 1208 頁。

但也有少量佳篇，如卷八〈臨海樂安章沉〉條：

> 臨海樂安章沉，年二十餘，死經數日，將斂而甦，云：被錄到天曹，天曹主者是其外兄，斷理得免。初到時，有少年女子同被錄送，立住門外。女子見沉事散，知有力助，因泣涕脫金釧一隻，及臂上雜寶，托沉與主者求見救濟。沉即為請之，並進釧物。良久出語沉：已論秋英，亦同遣去。秋英即此女之名也。於是俱去。腳痛疲頓，殊不堪行。會日亦暮，止道側小窟，狀如客舍，而不見主人。沉共宿嬿接，更相問次。女曰：「我姓徐，家在吳縣烏門，臨瀆為居，門前倒棗樹即是也。」明晨各去，遂並活。沉先為護府軍吏，依假出都，經吳乃到烏門，依此尋索，得徐氏舍。與主人敘闊，問秋英何在。主人云：「女初不出入，君何知其名？」沉因說昔日魂相見之由。秋英先說之，所言因得，主人乃悟。甚羞，不及寢嬿之事，而其鄰人或知，以語徐氏。徐氏試令侍婢數人遞出示沉，沉曰非也。乃令秋英見之，則如舊識。徐氏謂為天意，遂以妻沉。生子名曰天賜。[17]

人鬼戀的故事此前已不少見，雙雙入冥，患難相助而成兩情之好，又雙雙回陽終成夫妻，這樣的奇事乃前無古人。冥間天曹亦如人間，裙帶和賄賂皆可跳出法外，此篇用意雖不在揭露此點，但不經意卻反映了現實。

---

17 引自范寧校點《異苑》，中華書局 1996 年版。

《齊諧記》

《齊諧記》，《隋書·經籍志》著錄為七卷，東陽無疑撰。東陽無疑，生卒年不詳，劉宋時人，官員外散騎侍郎。《齊諧記》原書已佚，魯迅《古小說鉤沉》輯有佚文十五則。「齊諧」出自《莊子·逍遙遊》：「齊諧者，志怪者也。」有人說「齊諧」是人名，也有人說是書名，指志怪之書。本書以「齊諧」命名，可知其宗旨乃繼承志怪傳統。從今存十五則文字來看，的確與書名相符。

〈董昭之〉條記動物報恩，故事特異，且記敘頗詳：

> 吳當陽縣董昭之，嘗乘船過錢塘江。中央，見有一蟻著一短蘆，走一頭，回復向一頭，甚遑遽。昭之曰：「此畏死也。」因以繩繫蘆，欲取著船頭。船中人罵：「此是毒螫物，不可長，我當蹋殺之。」昭意甚憐此蟻，會船至岸，蟻緣繩得出。中夜夢一人，烏衣，從百許人，來謝曰：「僕不慎墮江，慚君濟活。僕是蟲王，君若有急難之日，當見告語。」歷十餘年，時江左所在劫盜。昭之從余杭山過，為劫主所牽，繫餘姚獄。昭之忽思蟻王之夢，結念之際，同被禁者問之，昭之曰：「蟻云緩急當告，今何處告之？」有囚言：「但取兩三蟻著掌中，祝之。」昭之如其言，暮果夢烏衣人言云：「可急去，入餘杭山，天子將下赦，今不久也。」於是便覺。蟻齧械已盡，因得出獄。過江投餘杭山，旋遇赦得免。[18]

董昭之救助危難中的蟲蟻，完全出自憐憫動物的同情心，

18　引自魯迅《古小說鉤沉》。下不再注。

不意獲得巨大回報。《搜神記》卷二十〈螻蛄神〉敘龐企繫獄，投飯與螻蛄，希求螻蛄能救他出獄，螻蛄掘獄壁、破枷械，龐企出獄亦遇赦，遂逃得一死。董昭之救蟻並未有求報之念，境界自不相同。這種出於善良本性的舉措得到意想不到的回報，後世小說不斷加以演繹，救助動物的如明代《六十家小說》（《清平山堂話本》）的〈李元吳江救朱蛇〉。

〈呂思〉條記呂思救妻大破狸精巢穴，也有很奇特的情節：

> 國步山有廟，又一亭。呂思與少婦投宿，失婦。思逐覓，見一大城，廳事一人，紗帽馮幾。左右競來擊之，思以刀斫，計當殺百餘人，餘者便乃大走。向人盡成死狸。看向廳事，乃是古冢大冢。冢上穿，下甚明，見一群女子在冢里，見其婦如失性人，因抱出冢口，又入抱取于先女子，有數十。中有通身已生毛者，亦有毛腳、面成狸者。須與天曉，將婦還亭。亭吏問之，具如此答。前后有失兒女者，零丁有數十。吏便斂此零丁，至冢口，迎此群女，隨家遠近而報之，各迎取。於此後一二年，廟無復靈。

古塚成為狸精巢穴，儼然獨立王朝，狸精攝入數十女子，女子皆失人性，漸至長毛而面相成狸，想像不可謂不豐富。

《述異記》

《述異記》，《隋書‧經籍志》著錄為十卷，祖沖之撰。原書已佚。魯迅《古小說鉤沉》輯有佚文九十則。祖沖之（西元

四二九年至西元五〇〇年），字文遠，范陽薊（今北京）人。《南齊書》、《南史》均有傳。他是東晉侍中祖臺之的曾孫，劉宋時為官多職，以計算圓周率而聞名。祖臺之曾作《志怪》，祖沖之作《述異記》，志怪似乎是祖家的傳統，亦可見當時士大夫談鬼說怪的風氣。今存九十則中記鬼的不少，其中作祟之鬼為多，唯〈梁清〉寫人鬼交友，頗為特別：

　　宋文帝世，天水梁清家在京師新亭，臘日將祀，使婢于爨室造食，忽覺空中有物，操杖打婢，婢走告清，清遂往，見甌器自運盛飯斟羹，羅列案上，聞哺餟之聲。清曰：「何不形見？」乃見一人著平上幘，烏皮褲褶，云：「我京兆人，亡沒飄寄，聞卿好士，故來相從。」清便席地共坐，設肴酒。鬼云：「卿有祀事」云云。清圖某郡，先以訪鬼，鬼云：「所規必諧，某月某日除出。」果然。鬼云：「郡甚優閒，吾願周旋。」清答甚善。後停舟石頭，待之五日，鬼不來。於是引路達彭城，方見至。同在郡數年，還都，亦相隨而返。[19]

　　梁清好士，連鬼也敢接納；而鬼對人亦毫無惡意，形象也非猙獰。甌器自運的景象和無形而有哺餟之聲，都給人以深刻的印象。

　　另一篇〈黃耳〉寫陸機的愛犬，真假虛實遽難分辨，是一篇感人的文字：

19　引自魯迅《古小說鉤沉》。下不再注。

陸機少時，頗好遊獵，在吳豪盛，客獻快犬名曰黃耳。機後
仕洛，常將自隨。此犬點慧，能解人語，又嘗借人三百里
外，犬識路自還，一日至家。機羇旅京師，久無家問，因戲
語犬曰：「我家絕無書信，汝能齎書馳取消息不？」犬喜搖
尾，作聲應之。機試為書，盛以竹筒，繫之犬頸。犬出驛
路，疾走向吳，飢則入草噬肉取飽。每經大水，輒依渡者，
弭耳掉尾向之，其人憐愛，因呼上船。裁近岸，犬即騰上，
速去如飛。徑至機家，口銜筒作聲示之。機家開筒取書，看
畢，犬又向人作聲，如有所求；其家作答書內筒，復繫犬
頸。犬既得答，仍馳還洛。計人程五旬，而犬往還裁半月。
後犬死，殯之，遣送還葬機村南，去機家二百步，聚土為
墳，村人呼為「黃耳塚」。

　　篇中黃耳並非精怪，但它在吳、洛之間傳信，卻十分奇
異。作者用寫實的筆觸來描述它，令人將信將疑。文末記殯葬
有墓，乃強調所記不誣。

《續齊諧記》

　　《續齊諧記》，《隋書‧經籍志》著錄為一卷，吳均撰。原書
已佚，其佚文散見於諸類書中，如《顧氏文房小說》、《古今逸
史》、《廣漢魏叢書》、《虞初志》等。吳均（西元四六九年至西
元五二〇年），字叔庠，吳興故鄣（今浙江安吉）人。《梁書》
有傳。吳均善詩文，頗受沈約賞識，曾奉詔撰《通史》。《續齊
諧記》，乃意在續東陽無疑之《齊諧記》，所記皆神怪之說。此

書題材並沒有什麼特別之處，但善於鋪陳，精於描寫，已近於傳奇小說，《四庫全書總目》稱之為「小說之表表者」。例如「陽羨書生」，前〈靈鬼志〉已記有這一故事，但本篇敘寫更為婉曲：

　　陽羨許彥，於綏安山行。遇一書生，年十七八，臥路側，云腳痛，求寄鵝籠中。彥以為戲言。書生便入籠，籠亦不更廣，書生亦不更小，宛然與雙鵝並坐，鵝亦不驚。彥負籠而去，都不覺重。前行息樹下，書生乃出籠，謂彥曰：「欲為君薄設。」彥曰：「善。」乃口中吐出一銅奩子，奩子中具諸肴餚饌珍饈方丈。其器皿皆銅物，氣味香旨，世所罕見。酒數行，謂彥曰：「向將一婦人自隨，今欲暫邀之。」彥曰：「善。」又於口中吐一女子，年可十五六，衣服綺麗，容貌殊絕，共坐宴。俄而書生醉臥，此女謂彥曰：「雖與書生結妻，而實懷怨。向亦竊得一男子同行，書生既眠，暫喚之，君幸勿言！」彥曰：「善。」女子於口中吐出一男子，年可二十三四，亦穎悟可愛。乃與彥敘寒溫。書生臥欲覺，女子口吐一錦行障遮書生，書生乃留女子共臥。男子謂彥曰：「此女子雖有心，情亦不甚，向復竊得一女人同行，今欲暫見之，願君勿洩。」彥曰：「善。」男子又於口中吐一婦人，年可二十許，共酌，戲談甚久。聞書生動聲，男子曰：「二人眠已覺。」因取所吐女人，還納口中。須臾，書生處女乃出，謂彥曰：「書生欲起。」乃吞向男子，獨對彥坐。然後書生起，謂彥曰：「暫眠遂久，君獨坐，當悒悒邪？日又

晚，當與君別。」遂吞其女子，諸器皿悉納口中，留大銅盤，可二尺廣，與彥別日：「無以藉君，與君相憶也。」彥大元中，為蘭臺令史，以盤餉侍中張散。散看其銘，題云是「永平三年作」。[20]

　　吳均是否讀過荀氏《靈鬼志》中外國道人入籠並口吐女人，而女人又口吐情人的故事，實不可考，但對校文字，似有因循痕跡。不過，吳均的改動良多，外國道人改為陽羨書生，又多出女子的情人又吐出年可二十許的女子，而描述更為細膩周全，文末陽羨書生饋贈銅盤有銘文「永平三年作」，以證此事為確有。從《舊雜譬喻經》到《靈鬼志》的「外國道人」，故事已經中國化了，「陽羨書生」向小說方向的發展趨勢則更為明顯，尤其是銅盤銘文的添加，指虛為實，非史筆，而是小說手法了。干寶說他的《搜神記》所記，並非都是一耳一目之所親聞睹，所以不敢說沒有失實者，他是很在意實錄的。此篇故事的虛擬和鋪敘，已近小說。

　　人神戀是志怪常見主題，凡人誤入仙境的多，《續齊諧記》的「趙文韶」卻是寫神仙入於塵世，由音樂而生情，一夜情寫得十分綺麗：

> 會稽趙文韶，為東宮扶侍。坐清溪中橋，與尚書王叔卿家隔一巷，相去二百步許。秋夜嘉月，悵然思歸，倚門唱〈西夜

20　引自《虞初志》，中國書店 1986 年版，第 5—7 頁。

烏飛〉，其聲甚哀怨。忽有青衣婢，年十五六，前日：「王
家娘子白扶侍，聞君歌聲，有門人逐月遊戲遣相聞耳。」時
未息，文韶不之疑，委曲答之，亟邀相過。須臾女到，年
十八九，行步容色可憐，猶將兩婢自隨。問家在何處，舉
手指王尚書宅。日：「是聞君歌聲，故來相詣，豈能為一曲
邪？」文韶即為歌〈草生磐石〉，音韻清暢，又深會女心。
乃日：「但令有瓶，何患不得水？」顧謂婢子：「還取箜篌，
為扶侍鼓之。」須臾至，女為酌兩三彈，泠泠更增楚絕。乃
令婢子歌〈繁霜〉，自解裙帶繫箜篌腰，叩之以倚歌。歌日：
「日暮風吹，葉落依枝。丹心寸意，愁君未知。歌繁霜，侵
曉幕，何意空相守，坐待繁霜落。」歌闋，夜已久，遂相佇
燕寢。竟四更別去，脫金簪以贈文韶。文韶亦答以銀碗白琉
璃匕各一枚。既明，文韶出，偶至清溪廟歇，神座上見碗，
甚疑而委悉之，屏風後則琉璃匕在焉，箜篌帶縛如故。祠廟
中惟女姑神像，青衣婢立在前。細視之，皆夜所見者。於是
遂絕。當宋元嘉五年也。[21]

清溪廟女神，不知何名，腰繫箜篌，定以音樂見長。趙文
韶因思鄉心切，歌〈西夜烏飛〉以排遣胸中的寂寞，而這正引
起寂寞中的女神的共鳴，由音樂相知相會而生情，這故事充滿
浪漫情調，是此前志怪人神戀中所不曾見的情節。此事固然奇
特，但情真動人，已然一篇小說。《續齊諧記》寫人鬼戀的「王
敬伯」，情節模式與「趙文韶」相同，敘王敬伯旅途中賞月撫琴

21　引自《虞初志》，中國書店 1986 年版，第 11—12 頁。

而歌，引來善彈五弦的少女鬼魂，兩人鼓琴且歌，清音婉麗，情意淒婉纏綿。王敬伯事後方知此女為死去不久的劉妙容的魂魄。描述之細膩，更勝於「趙文韶」。

《冤魂志》

《冤魂志》，《隋書·經籍志》著錄為三卷，顏之推撰。原書已佚，佚文散見於諸類書中，今輯佚本有王國良《顏之推冤魂志研究》（六十條，附錄五條）、羅國威《冤魂志校注》（六十條，附輯佚文六條）等。顏之推（西元五三一年至西元五九一年），字介，琅邪臨沂（今屬山東）人。在梁朝任官多職，西魏攻陷江陵，被擄至關中，在北齊亦受信用，至周至隋皆得禮遇。《北齊書》、《北史》有傳。所著《顏氏家訓》影響深遠。《冤魂志》其書，《四庫全書總目》評論說：「自梁武以後，佛教彌昌，士大夫率皈禮能仁，盛談因果。之推《家訓》有歸心篇，於罪福尤為篤信，故此書所述，皆釋家報應之說。」[22]

魯迅《中國小說史略》把它歸在釋氏輔教之書一類。《冤魂志》滲透著因果報應之說，確為事實，但其主要篇幅卻是描寫各種冤屈枉死之事，這在志怪諸書中獨一無二。這些冤案真實反映了那個時代的社會現實，也是一般釋氏輔教之書所不及的。〈江陵士大夫〉寫戰亂中的悲劇，真實而令人震撼：

---

22 《四庫全書總目》卷一四二〈子部·小說家類三〉，中華書局 1965 年版，第 1208—1209 頁。

> 江陵陷時，有關內人梁元暉，俘虜一士大夫，姓劉。此人先
> 遭侯景喪亂，失其家口，唯餘小男，始數歲。躬自擔負，又
> 值雪泥，不能前進。梁元暉監領入關，逼令棄兒。劉甚愛
> 惜，以死為請。遂強奪取，擲之雪中，杖棰交下，驅蹙使
> 去。劉乃步步回顧，號叫斷絕。辛苦頓躓，加以悲傷，數日
> 而死。死後，元暉日日見劉伸手索兒，因此得病。雖復悔
> 謝，來殊不已，元暉載病到家而卒。[23]

西元五五五年西魏攻陷江陵，顏之推也被擄至關中，後雖
為西魏陽平公李遠掌書翰，但從江陵到關中一路經歷，大概與
此篇中的劉姓士大夫不會有太大的差別。正是這番經歷，所以
才寫得如此真切動人。顏之推是北朝著名散文家，崇儒而不喜
老、莊，更不是佛教徒，寫冤魂報仇，實為發洩滿腔憤怒而已。

《冤魂志》另一篇〈弘氏〉揭露梁朝對百姓的巧取豪奪也十
分深刻：

> 梁武帝欲為文皇帝陵上起寺，未有佳材，宣意有司，使加採
> 訪。先有曲阿人姓弘，家甚富厚，乃共親族，多賷財貨往湘
> 州治生。經年營得一枕，可長千步，材木壯麗，世所稀有。
> 還至南津，南津校尉孟少卿希朝廷旨，乃加繩墨。弘氏所賣
> 衣裳繒彩，猶有殘餘，誣以涉道劫掠所得，並造作過制，非
> 商賣所宜。結正處死，沒入其財充寺用。奏遂施行。弘氏臨
> 刑之日，敕其妻子：「可以黃紙筆墨置棺中。死而有知，必
> 當陳訴。」又書少卿姓名數十，吞之。經月，少卿端坐，便

23　引自《太平廣記》卷一二〇，中華書局 1961 年新 1 版，第 841—842 頁。

見弘來。初猶避捍，後乃款服。但言「乞恩」，嘔血而死。凡諸獄官及主書舍人，預此獄事署奏者，以次殂歿。未及一年，零落皆盡。其寺營構始訖，天火燒之，略無纖芥。所埋柱木，亦入地成灰。[24]

梁武帝大興佛教，造寺立塔，不知消耗了多少民脂民膏。此篇所寫南津校尉為奪得弘氏木材，不惜捏造罪名置弘氏於死地，大概是梁武帝掠取民財千千萬萬事例中的一件，然而卻非常有代表性。顏之推敘事簡約質樸，不像其他南朝志怪書那樣藻繪。他的《冤魂志》儘管都有冤魂報仇的結局，但冤屈之事卻都有強烈的現實性，這是它不同於其他志怪書的鮮明特徵。

《窮怪錄》

《窮怪錄》又名《八朝窮怪錄》，不見史志著錄，亦不知撰人。原書已佚，今知佚文十條散見諸類書中。值得注意的是〈蕭總〉一條：

蕭總，字彥先，南齊太祖族兄瓛之子。總少為太祖以文學見重，時太祖已為宋丞相，謂總曰：「汝聰明智敏，為官不必資。待我功成，必薦汝為太子詹事。」又曰：「我以嫌疑之故，未即遂心。」總曰：「若讖言之，何啻此官！」太祖曰：「此言狂悖，慎鈐其口。吾專疚於心，未忘汝也。」總率性本異，不與下於己者交，自建業歸江陵。宋後廢帝元徽後，

24　引自《太平廣記》卷一二〇，中華書局 1961 年新 1 版，第 845 頁。

四方多亂，因遊明月峽，愛其風景，遂盤桓累歲。常於峽下枕石漱流。時春向晚，忽聞林下有人呼蕭卿者數聲。驚顧，去坐石四十餘步，有一女，把花招總。總異之，又常知此有神女，從之。視其容貌，當可笄年。所衣之服，非世所有；所佩之香，非世所聞。謂總曰：「蕭郎遇此，未曾見邀，今幸良晨，有同宿契。」總恍然行十餘里，乃見溪上有宮闕臺殿甚嚴。宮門左右，有侍女二十人，皆十四五，並神仙之質。其寢臥服玩之物，俱非世有。心亦喜幸。一夕綢繆，以至天曉。忽聞山鳥晨叫，岩泉韻清。出戶臨軒，將窺舊路，見煙雲正重，殘月在西。神女執總手謂曰：「人間之人，神中之女，此夕歡會，萬年一時也。」總曰：「神中之女，豈人間常所望也？」女曰：「妾實此山之神。上帝三百年一易，不似人間之官。來歲方終，一易之後，遂生他處。今與郎契合，亦有因由，不可陳也。」言訖乃別。神女手執一玉指環，謂曰：「此妾常服玩，未曾離手。今永別，寧不相遺！願郎穿指，慎勿忘心。」總曰：「幸見顧錄，感恨徒深。執此懷中，終身是寶。」天漸明，總乃拜辭，掩涕而別。攜手出戶，已見路分明。總下山數步，回顧宿處，宛是巫山神女之祠也。他日，持玉環至建鄴，因話於張景山。景山驚曰：「吾常遊巫峽，見神女指上有此玉環。世人相傳云，是晉簡文帝李后曾夢遊巫峽，見神女，神女乞后玉環，覺後乃告帝，帝遣使賜神女。吾親見在神女指上。今卿得之，是與世人異矣！」總齊太祖建元末，方徵召。未行，帝崩。世祖即位，累為中書舍人。初，總為治書御史，江陵舟中過，而忽思神女事，悄然不樂。乃賦詩曰：「昔年岩下客，宛似成今

古。徒思明月人，願溼巫山雨。」[25]

　　此篇構意並無新穎之處，人神戀的一些情節單元，如（因流連山水）誤入仙境（宮闕臺殿，寢臥服玩）、一夜歡會、離別贈佩等，都已是陳套。值得注意的是它的小說化傾向。它不同於《幽明錄》中的〈劉晨阮肇〉和〈黃原〉，劉晨、阮肇、黃原皆是農民獵戶，其遇仙故事撲朔迷離，顯然是記錄民間傳說。而此篇顯為文人杜撰。巫山神女，《山海經·中山經》稱她是炎帝之女，「姑媱之山，帝女死焉，其名曰女尸，化為草……服之媚於人」。宋玉〈高唐賦〉寫楚懷王與巫山神女遇合，成為巫山雲雨的典故。此篇敘蕭總與巫山神女的佳話，乃沿襲這個典故而來，結尾蕭總重遊故地賦詩寄情，又有蹈襲曹植〈洛神賦〉之嫌。因此，說它是文人杜撰。此篇已不再僅僅記錄怪異，而是著力寫情，如同〈洛神賦〉之寄興，它基本上走出了志怪的範疇。其實仙境是虛，戀情是實，其情之渲染，拉長了篇幅，也不再是「尺寸短書」，而是有了唐傳奇遊仙類型的雛形。

25　引自《太平廣記》卷二九六，中華書局 1961 年新 1 版，第 2355—2356 頁。

第三章　南北朝志怪的嬗變

第四章
諸子散文敘事與志人小說

第四章 諸子散文敘事與志人小說

第一節 諸子散文敘事

　　諸子散文是春秋戰國時代百家爭鳴的產物，它們在本質上、在總體上是論道，而非敘事，但它們也時常在論述中夾以敘事，作為敘事文學的小說，從中獲得許多藝術養分。

　　諸子著作中對中國思想文化影響最大的莫過於《論語》和《孟子》。《論語》是孔子的言行錄，記錄者是孔子的門徒們，成書在春秋末年，現在看到的本子，大約是戰國初年時整理編定的，竄入後人的東西難以避免，但總的來說，它是孔子的言行錄這一點是真實可信的。《論語》並不是孔子一生經歷的記錄，它不是傳記，它甚至並不記錄孔子經歷的某一事件的完整過程，它只是記載表現孔子思想精神的片段言論和某些行為，其中的記敘不在「記實」，而在「寫意」。〈微子〉篇中記孔子與門徒在遊歷途中向正在耕地的農夫打聽渡口：

> 長沮、桀溺耦而耕，孔子過之，使子路問津焉。長沮曰：「夫執輿者為誰？」子路曰：「為孔丘。」曰：「是魯孔丘與？」曰：「是也。」曰：「是知津矣。」問於桀溺，桀溺曰：「子為誰？」曰：「為仲由。」曰：「是魯孔丘之徒與？」對曰：「然。」曰：「滔滔者天下皆是也，而誰以易之？且而與其從辟人之士也，豈若從辟世之士哉？」耰而不輟。子路行以告。夫子憮然曰：「鳥獸不可與同群，吾非斯人之徒與而誰與？天下有道，丘不與易也。」

在田地裡耕作的長沮、桀溺是「辟世之士」，乃逃避現實的隱士，在他們看來，禮崩樂壞如滔滔大水，哪裡還有什麼渡口可渡，並勸子路，與其跟著「辟人之士」四處碰壁，還不如像他們一樣遠離現實。孔子對此感觸甚深，「憮然」二字表現了他此刻複雜而沉重的心情。他帶著門徒周遊列國，宣傳自己的思想和主張，卻不被當道者接受，在艱難的旅途中有時還狼狽到斷糧的地步。他堅持自己的信仰，知其不可而為之，奮鬥中也有孤獨、迷惘和悲哀，長沮、桀溺的嘲諷觸發了他的這種情感，但他還是堅定自己的信念：「天下有道，丘不與易也。」如果天下有道，我就不和有志之士一起去改變現實了！這一段短短的記敘，將孔子為理想而奮鬥的胸襟和心態描繪得十分生動傳神。

〈先進〉篇有一段寫孔子與弟子們的閒談：

子路、曾皙、冉有、公西華侍坐。子曰：「以吾一日長乎爾，毋吾以也。居則曰：「不吾知也！」如或知爾，則何以哉？」子路率爾而對曰：「千乘之國，攝乎大國之間，加之以師旅，因之以饑饉；由也為之，比及三年，可使有勇，且知方也。」夫子哂之。「求！爾何如？」對曰：「方六七十，如五六十，求也為之，比及三年，可使足民。如其禮樂，以俟君子。」「赤！爾何如？」對曰：「非曰能之，願學焉。宗廟之事，如會同，端章甫，願為小相焉。」「點！爾何如？」鼓瑟希，鏗爾，舍瑟而作。對曰：「異乎三子者之撰。」子曰：「何傷乎？亦各言其志也。」曰：「莫春者，春服既成。

冠者五六人，童子六七人，浴乎沂，風乎舞雩，詠而歸。」
夫子喟然歎曰：「吾與點也！」

　　這篇短文寫孔子與四位弟子閒談，要他們談談如果被任用，準備做些什麼。四人一一做了回答，語言簡練，表現了各自的抱負和性格。描述較多的是曾皙（點），寫他鼓瑟漸慢，鏗然一聲止後從容而談，說他的抱負是在暮春時節，浴於沂水，迎著舞雩臺上的和風，詠唱著歌而歸。這是曾皙（點）治理國家所要達到的境界，比較前三位同學，他的回答要深邃和飄逸得多。曾皙（點）博得孔子的讚賞，反過來就表現了孔子的思想意趣。此文最終目的，還是要表現孔子。

　　《論語》中像「長沮、桀溺耦而耕」和「子路、曾皙、冉有、公西華侍坐」這樣記事成分較重的段落不多，較多的是孔子語錄。語錄是記言，在一定意義上也是記敘，有些談話，不僅含義雋永，而且能使人感到說話人的神情。這類記敘，不在記錄事情的始末，而在表現人的精神風貌，也可稱之為寫意性記敘。這種風格的記敘，在魏晉南北朝的志人小說中得到繼承。《論語》之類的諸子散文，並不是記敘文，但它們中的記敘成分，經由魏晉南北朝的志人小說，對後世小說創作產生了影響。中國敘事文學傳統，從一開始就有寫實和寫意兩種藝術表現方式，寫實者注意情節的完整合理以及細節的周到逼真，而寫意者則不注重情節，追求表現人的思想神態，追求意趣的雋

永。小說走的是寫實的路，但它在發展中不斷學習和納入寫意手法，最成功者是清代的《聊齋志異》和《紅樓夢》，因此它們是最富於詩意的小說。

諸子散文在論述中時常插入一個小故事來形象和簡明地闡發道理，人們習慣稱之為寓言。《孟子》、《莊子》、《韓非子》以及《呂氏春秋》等著作中都有運用寓言的精彩例子。

《孟子‧公孫丑上》中，公孫丑問孟子何謂浩然之氣，孟子首先說「難言也」，講到養生時，說不要停止，心裡不要忘記它，卻也不要人為地助它生長。「勿助長也」不好懂，孟子取譬說明，「無若宋人然」，隨即講了宋人揠苗助長的故事：

> 宋人有閔其苗之不長而揠之者，芒芒然歸。謂其人曰：「今日病矣，予助苗長矣。」其子趨而往視之，苗則槁矣。

這是一個著名的寓言，「天下之不助苗長者寡矣」，然而無視客觀規律，急於求成，非徒無益，反而有害。「揠苗助長」也就成為一句成語。其現實的針對性和蘊含的深刻哲理都是不言而喻的。與《論語》記事的寫意性比較，這篇寫實得多，篇幅雖然短小，但事情的始末已相當完整。《孟子‧離婁下》批評不擇手段追求富貴利達而不知羞恥的士人，講了「齊人有一妻一妾」的故事：

> 齊人有一妻一妾而處室者，其良人出，則必饜酒肉而後反。其妻問所與飲食者，則盡富貴也。其妻告其妾曰：「良人出，

則必饜酒肉而後反；問其與飲食者，盡富貴也，而未嘗有顯者來，吾將瞯良人之所之也。」蚤起，施從良人之所之，遍國中無與立談者。卒之東郭墦間，之祭者，乞其餘；不足，又顧而之他，此其為饜足之道也。其妻歸，告其妾曰：「良人者，所仰望而終身也。今若此。」與其妾訕其良人，而相泣於中庭。而良人未之知也，施施從外來，驕其妻妾。由君子觀之，則人之所以求富貴利達者，其妻妾不羞也，而不相泣者，幾希矣。

　　孟子用這個故事來鞭撻那些「求富貴利達者」，但這個故事的客觀含義要遠遠大於孟子的主觀意圖。齊人有一妻一妾，絕不是平民，卻也沒錢沒地位，他去墓地（墦）討吃祭品，回家卻向妻妾炫耀是赴富貴人家的宴請，其作為之下賤和自我吹噓之間形成巨大反差，足以揭示其靈魂的虛偽卑賤和可笑可憐。這篇敘事，有概述，有對話，有描寫，齊人和他妻子的心理、神情都刻劃得惟妙惟肖，而且寓意豐富深刻。

　　比較諸子各家，《孟子》利用寓言並不算多，在論述中大量使用寓言的是《韓非子》。《韓非子》中的〈說林〉採錄了許多民間傳說故事，全書利用寓言達三百二十幾則之多。例如〈內外儲說〉在結構上分「經」和「傳」兩個部分，「經」是講述道理，「傳」是用故事來闡明「經」的道理。如〈外儲說〉提出一個論點：「先王之言，有其所為小而世意之大者，有其所為大而世意之小者，未可必知也。」這是他主張「法後王」、反對「法先王」的

理論支撐點之一。由這個「經」提舉，下文「傳」就相應記敘四個故事：宋人之解書；梁人之讀記；郢書燕說；歸取度。前兩個故事簡略，後兩個故事較詳且膾炙人口。如「郢書燕說」：

> 郢人有遺燕相國書者，夜書，火不明，因謂持燭者曰：「舉燭。」云而過書舉燭，舉燭，非書意也，燕相受書而說之，曰：「舉燭者，尚明也，尚明也者，舉賢而任之。」燕相白王，王大說，國以治，治則治矣，非書意也。今世舉學者多似此類。

韓非的敘事重在「郢書」的真實含義和燕相的主觀解說，用以批評今世學者對古代典籍的盲目信從和主觀附會，它不在意事物的過程。

「鄭人買履」的故事則較有情節：

> 鄭人有且置履者，先自度其足而置之其坐，至之市而忘操之，已得履，乃曰：「吾忘持度。」反歸取之，及反，市罷，遂不得履，人曰：「何不試之以足？」曰：「寧信度，無自信也。」

解說郢書的燕相過於聰明，寧信度而不信自己的腳的鄭人又太愚蠢，他們的錯誤均在盲目迷信紙面文字的教條，而不知實際比教條更重要。

諸子散文中的敘事成分和寓言都只是全文的一部分，並不是獨立的文體，它們不可能與小說發生文體的直接連結，它們

與小說只是一種意連。成熟的小說必定有所寓意，特別是長篇小說，人物眾多，情節複雜，必須有寓意或者題旨統率全篇，否則便如無線之珠，不成氣象。

第二節　人倫品鑑與志人小說的興起

　　志人小說記人言行，它不像史傳記人有完整的人生事蹟，它只是記錄某人的片段言論和特異舉止，以表現某人的品行風貌，文字精練，篇幅短小。這種文體可以追溯到先秦諸子散文，《論語》和《孟子》也就是孔子和孟子的言行錄。東漢應劭《風俗通義》中的〈正失〉、〈愆禮〉、〈過譽〉等篇中也記錄了一些名人逸事。漢代選拔任用人才實行「察舉」和「徵辟」制度，「察舉」由州、郡等地方官員在轄區內選拔推薦給朝廷，有孝廉、茂才異等、賢良方正等名目；「徵辟」則由朝廷直接徵聘。魏晉基本沿襲這種制度，魏文帝曹丕有所發展，實行「九品中正制」，州設大中正，郡設小中正，大、小中正由朝廷選派當地官員擔任，他們將轄區待選人物分為九等，推薦給朝廷依等授予官職。所謂「察舉」，當然限於高門豪族，「上品無寒門，下品無士族」，篳門蓬戶之俊是沒有進身機會的。然而在高門豪族範圍內，「察舉」仍是仕進的途徑。如清代趙翼所言，「當時薦舉徵辟，必採名譽，故凡可以得名者必全力赴之」[01]。於是，

01　趙翼：《廿二史劄記》卷五，王樹民校證本，中華書局 1984 年新 1 版，第 102 頁。

「人倫鑑識」也成為一門學問，對名人雅士的玄虛高談和疏放舉止的記錄，成為人品尺度的標準，是取士所本，也是士人必讀之書。相傳東漢郭林宗善品題海內人物，《世說新語·政事》之「何驃騎作會稽」條注引〈泰別傳〉云：「泰字林宗，有人倫鑑識，題品海內之士，或在幼童，或在里肆，後皆成英彥，六十餘人。自著書一卷，論取士之本，未行，遭亂亡失。」[02]

人倫鑑識的制度和風氣，使專門對名人片段言行的記錄成為一種文體，即今天所謂的志人小說。

曹魏劉劭曾探討人倫鑑識之學，他所重者在人的容貌舉止和言談。對於容貌舉止與品性的關係，他說：

> 雖體變無窮，猶依乎五質。故其剛、柔、明、暢、貞固之徵，著乎形容，見乎聲色，發乎情味，各如其象……夫儀動成容，各有態度：直容之動，矯矯行行；休容之動，業業蹌蹌；德容之動，顒顒卬卬。夫容之動作，發乎心氣；心氣之徵，則聲變是也。夫氣合成聲，聲應律呂：有和平之聲，有清暢之聲，有回衍之聲。夫聲暢於氣，則實存貌色；故：誠仁，必有溫柔之色；誠勇，必有矜奮之色；誠智，必有明達之色。[03]

有何品性便有何聲容舉止，劉劭試圖找出其中的規律，從容貌舉止即可窺知其人的品性。對於言談的鑑識，他又說：

02　《世說新語校箋》，中華書局 1984 年新 1 版，第 100 頁。

03　劉劭：《人物志》卷上〈九徵〉。

> 夫人厚貌深情，將欲求之，必觀其辭旨，察其應贊。夫觀其
> 辭旨，猶聽音之善醜；察其應贊，猶視智之能否也。故觀辭
> 察應，足以互相別識。[04]

意謂觀辭察應足以鑑識人的善醜智能。這都是為品評舉薦
人才提供理論依據。

魏晉南北朝志人小說記敘對象和記敘方式確實與這一套鑑
識理論相配，它們記的都是那個時代的名人高士，不寫人物經
歷，只擷取人物在特殊情況下的神情舉止和隻言片語，一個瞬
間，一個鏡頭，表現的是人物的神貌。志人小說大多已散佚，
晉有《語林》、《郭子》等，代表作是南朝宋的《世說新語》。

《語林》，《隋書‧經籍志》子部小說家類《燕丹子》條下附注：
「《語林》十卷，東晉處士裴啟撰。亡。」佚文散見於各種類書
及《世說新語》等書中。魯迅《古小說鉤沉》輯有佚文一百八十
則。《世說新語‧文學》云：「裴郎作《語林》，始出，大為遠近
所傳。時流年少，無不傳寫，各有一通。載王東亭作〈經王公
酒壚下賦〉，甚有才情。」此條下劉孝標注曰：「《裴氏家傳》曰：
『裴榮字榮期，河東人。父稚，豐城令。榮期少有風姿才氣，好
論古今人物，撰《語林》數卷，號曰《裴子》。檀道鸞謂裴松之
以為啟作《語林》，榮儻別名啟乎？』」[05]

04　劉劭：《人物志》卷中〈八觀〉。

05　《世說新語校箋》，中華書局 1984 年新 1 版，第 145 頁。

可知裴榮別名啟，河東（今屬山西）人。《世說新語・輕詆》劉孝標又注引《續晉陽秋》云：「晉隆和（西元三六二年至西元三六三年）中，河東裴啟撰漢魏以來迄於今時言語應對之可稱者，謂之《語林》。時人多好其事，文遂流行。」[06]

《語林》中「王子猷雪夜訪戴安道」一則是膾炙人口的文字：

> 王子猷居山陰，大雪夜眠覺，開室酌酒，四望皎然，因起彷徨，詠左思《招隱詩》。忽憶戴安道，時戴在剡溪，即便夜乘輕船就戴，經宿方至。既造門，不前便返。人問其故，曰：「吾本乘興而來，興盡而返，何必見戴。」[07]

王子猷（徽之）是東晉名士，這「乘興而來，興盡而返」的舉動，充分表現他任誕灑脫的風度，他的「乘興而來」的言辭也成為流行至今的成語。庾亮不賣的盧，也是很有影響的故事：

> 庾公乘馬有的盧，或語令賣去。庾云：「賣之必有買者，即當害其主。寧可不安己而移於他人哉？昔孫叔敖殺兩頭蛇以為後人，古之美談，效之，不亦達乎！」

的盧為凶馬，騎則妨主，必死無疑。殷浩勸庾亮將此馬賣掉，庾亮卻要仿效孫叔敖，不將禍害轉移給他人。此篇被《世說新語》收在〈德行〉篇，文字有小異。《三國志演義》寫劉備

06　《世說新語校箋》，中華書局 1984 年新 1 版，第 452 頁。

07　引自魯迅《古小說鉤沉》。下不再注。

在江夏殺張虎奪得其雄駿之馬，有人告訴他此馬名「的盧」，不可乘之，但劉備不聽，謂死生有命，豈可因一馬而妨己哉。寫這情節也許是從《語林》、《世說新語》獲得靈感。

《語林》之散佚，據《世說新語·輕詆》所記庾道季（名龢，庾亮之子）以《語林》所寫謝安二事，問於謝安，謝安說所記不實，於是「《語林》遂廢」[08]。不論此說是否屬實，但可證明「志人小說」是要持守實錄原則的，道聽塗說必遭輿論鄙夷。

《郭子》，《隋書·經籍志》著錄為三卷，東晉中郎郭澄之撰。原書已佚，魯迅《古小說鉤沉》輯有佚文八十四則。郭澄之，字仲靜，太原陽曲人。官至相國從事郎中，封南豐侯。《晉書·文苑傳》有傳。《郭子》亦如《語林》，善於抓住人物片段言談舉止，用簡練的筆墨勾勒出人物的風貌。如寫〈許允婦〉：

> 許允婦是阮德如妹，奇醜，交禮竟，許永無復入裡。桓範勸之曰：「阮嫁醜女與卿，故當有意，宜察之。」許便入見，婦即出提裙裾待之。許謂婦曰：「婦有四德，卿有幾？」答曰：「新婦所乏唯容。士有百行，君有其幾？」許曰：「皆備。」婦曰：「君好色，不好德，何謂皆備？」許有慚色，遂雅相重。

許允新婦貌雖醜，卻聰慧機敏，兩句話即折服了丈夫。許允雖好色，亦好德，所以才會被折服。兩人的精神境界在簡短

08　《世說新語校箋》，中華書局 1984 年新 1 版，第 451 頁。

的對話中便被凸顯出來。

「張憑舉孝廉」一則，寫劉真長鑑識張憑，不僅刻劃出人物神貌，而且記錄了當時鑑識舉薦的風尚：

> 張憑舉孝廉，出京，負其才氣，謂必參時彥。欲詣劉真長，鄉里及同舉者咸共哂之。張遂徑往詣劉。既前，處之下坐，通寒暑而已。真長方洗濯料事，神意不接。良久，張欲自發，而未有其端。頃之，王長史諸賢來詣，言各有隔而不通處，張忽遙於末坐判之，言約旨遠，便足以暢彼我之懷。舉坐皆驚。真長延之上坐，遂清言彌日，因留宿，遂復至曉。張退，劉曰：「卿且前去，我正爾往取卿，共詣撫軍。」張既還船，同侶笑之曰：「卿何許宿還？」張笑而不答。須臾，真長至，遣教覓張孝廉船，同侶愕愕。既同載，俱詣撫軍。至門，劉前進，謂撫軍曰：「下官今日為公得一太常博士妙選。」既前，撫軍與之語，諮嗟稱善，數日乃止，曰：「張憑勁粹，為理之窟。」即用為太常博士。

此篇被《世說新語》收在〈文學〉篇，文字有小異。張憑，字長宗，吳郡人。劉真長，名惔，因雅裁而名於世。撫軍即後來的簡文帝，當時為撫軍大將軍。張憑在劉府如何解釋下官諸賢的「隔而不通處」，文中未詳，只用「言約旨遠」來形容，用「暢彼我之懷」來旁證，十分巧妙。此篇重在寫張憑的自信和才氣，寫劉真長的重才識人，所以不必寫解惑的具體內容。簡短數語，幾個人物的性格即被鮮明地刻劃出來。

第三節　劉義慶《世說新語》

志人小說的代表作是《世說新語》。

《世說新語》,《隋書·經籍志》著錄為八卷,宋臨川王劉義慶撰。梁朝劉孝標注本為十卷,今本為上、中、下三卷。原書題《世說》,「新語」為後來所加。劉義慶(西元四〇三至西元四四四年),彭城(今江蘇徐州)人。劉宋王朝宗室,長沙景王劉道憐次子,出嗣臨川王劉道規,宋武帝永初元年(西元四二〇年)襲封臨川王。文帝時官至南兗州刺史,加開府儀同三司。卒贈司空,諡康王。劉義慶愛好文義,招攬文學之士,如著名文士鮑照、袁淑、何長瑜等均納入幕下。其著作除《世說新語》外,還有《幽明錄》、《宣驗記》、《徐州先賢傳》、《集林》、《典敘》等。《世說新語》尚存,其餘各書皆散佚。

今傳本《世說新語》三卷,分類記事,有〈德行〉、〈言語〉、〈政事〉、〈文學〉、〈方正〉、〈雅量〉、〈識鑑〉、〈賞譽〉、〈品藻〉等三十六門,著重記敘了魏晉達官名士不同凡響的言談舉止。梁朝劉孝標為此書作注,引用當時史書、地志之類書籍數百種,這數百種書大多也已失傳,可知其文獻價值很高。《世說新語》題劉義慶撰,如同《幽明錄》一樣,實際上是他門下文人雜採眾書編輯加工而成。如上述及的《語林》、《郭子》等書的某些篇則,均有見於此書者。即便如此,全書的編輯仍有基本統一的思想傾向,〈德行〉、〈政事〉等所讚賞的,〈任誕〉、

〈讒險〉等所批評的，恰好從正反兩個方面表現了編撰者的態度立場。而全書文字的簡約玄澹，也表現出基本一致的敘事風格。

《世說新語》的宗旨不在記事，而在畫出魏晉人氏的面目氣韻，如明人胡應麟所說，「《世說》以玄韻為宗，非紀事比」[09]。由於它較《語林》、《郭子》等書後出，有可借鑑者；又由於它幅帙完整地流傳下來，於是成為「寫意式」敘事之集大成者。

魏晉以降，社會風氣是放達和清談。這個風氣的養成，大抵與政治篡奪的惡劣環境有關，司馬氏篡了曹魏而立晉，劉裕以宋代晉，異姓奪權和皇族內部骨肉相殘，都駭人聽聞。豪門華胄子弟的一些人為避禍自保，便以放達和玄談來規避時政，而這正配合著佛學思辨哲學的西來，漸至成為一種時尚。劉義慶是宋武帝劉裕的姪子，由他主持編撰的《世說新語》記敘了那個時代許多名人的言談舉止，也並不是沒有立場的，書中稱讚的還是在放達和清談中仍不偏離名教的人物。其〈德行〉開篇寫東漢末陳仲舉（蕃）就有開宗明義之用：

> 陳仲舉言為士則，行為世範，登車攬轡，有澄清天下之志。
> 為豫章太守，至，便問徐孺子所在，欲先看之。主簿白：「群
> 情欲府君先入廨。」陳曰：「武王式商容之閭，席不暇煖。
> 吾之禮賢，有何不可！」[10]

09　胡應麟：《少室山房筆叢》卷二十九〈九流緒論下〉，上海書店出版社 2001 年版，第 285 頁。

10　引自徐震堮《世說新語校箋》，中華書局 1984 年版。下不再注。

第四章　諸子散文敘事與志人小說

　　東漢末閹豎用事，外戚豪橫，陳仲舉終以忠正忤逆權奸被殺。徐孺子，原名徐穉，豫章南昌人，史稱「清妙高跱，超世絕俗」，官居尚書。陳仲舉被排擠出朝廷，遷豫章太守，上任未及赴府衙，卻先去拜訪名士徐穉，這不同凡俗的舉動，表現了他為朝廷招攬賢才的志向和禮賢下士的風度。在《世說新語》的〈賞譽〉和〈品藻〉兩門中，陳仲舉條均列篇首，這位號稱漢末「三君」之一的陳仲舉，在劉義慶的心目中大概是名教之士的典範。

　　對於背離名教的放達，〈任誕〉諸篇亦有批評。如寫劉伶：

> 劉伶恆縱酒放達，或脫衣裸形在屋中，人見譏之。伶曰：「我以天地為棟宇，屋室為褌衣，諸君何為入我褌中？」

　　肆意放達可謂極致。劉伶是魏末「竹林七賢」之一，他的〈酒德頌〉就藐視人們以名教對他的批評，不把「奮袂攘襟，怒目切齒，陳說禮法，是非鋒起」放在眼裡。但是《世說新語》還是要藉樂廣的口批評他，〈德行〉篇云：

> 王平子（澄）、胡毋彥國（輔之）諸人，皆以任放為達，或有裸體者。樂廣笑曰：「名教中自有樂地，何為乃爾也？」

　　樂廣以「清夷沖曠，加有理識」著稱，〈文學〉篇寫他對夢的解析，頗能見出他的理識：

> 衛玠總角時問樂令「夢」，樂云「是想」。衛曰：「形神所不接而夢，豈是想邪？」樂云：「因也。未嘗夢乘車入鼠穴，

撟齎噉鐵杵，皆無想無因故也。」

　　樂廣雖有理識，但對於劉伶、王澄諸人放浪形骸的舉止的認識卻有偏差，這些縱酒放達之士藐視名教，乃是因為「名教」已成為野心家們手中的工具，魏代漢、晉代魏、宋代晉，「篡奪」、「猜忌」、「殺戮」已成為時代的關鍵字，誠如魯迅所說：「魏晉時代，崇奉禮教的看來似乎很不錯，而實在是毀壞禮教，不信禮教的。表面上毀壞禮教者，實則倒是承認禮教，太相信禮教。」[11]

　　《世說新語》記錄了數百人的言行，它意不在記錄歷史，但它卻以這些片段言行給我們留下了那段歷史的真實的光影。它意不在為歷史人物立傳，但卻能抓住一些舉止言論片段，以極簡練的筆墨勾勒出人物的性格和神貌。〈巧藝〉篇中有兩條寫顧長康（愷之）：

　　顧長康畫人，或數年不點目精。人問其故？顧曰：「四體妍蚩，本無關於妙處；傳神寫照，正在阿堵中。」

　　顧長康道：畫「手揮五弦」易，「目送歸鴻」難。

　　繪畫達到形似並不難，難的是神似。以形寫神，是顧愷之的追求，也是《世說新語》記言記事所要達到的境界。

　　〈簡傲〉篇寫王子猷（徽之）做官不理政，以空談回應實問：

　　王子猷作桓車騎騎兵參軍，桓問曰：「卿何署？」答曰：「不

11　魯迅：《而已集·魏晉風度及文章與藥及酒之關係》。

知何署，時見牽馬來，似是馬曹。」桓又問：「官有幾馬？」
答曰：「不問馬，何由知其數？」又問：「馬比死多少？」答
曰：「未知生，焉知死？」

　　王子猷是王羲之的第五子。桓車騎名沖，桓溫之弟，時任
車騎將軍，都督七州諸軍事。王子猷回答桓沖的問話，完全是
不著邊際的空話，似乎糊塗到極點，但他又並不糊塗，都是用
《論語》的話作答，又機敏到極點。那個時代，聰明能幹很容易
遭長官猜忌，然而表現為痴愚，又很容易被輕賤，王子猷的對
答，確實凸顯了他卓犖不羈的性情。干寶《晉紀總論》曾說晉代
「當官者以望空為高，而笑勤恪」[12]，王子猷的問政對答，也是
時代風氣所染。

　　〈汰侈〉篇寫石崇、王敦的豪侈和殘忍，也超出一般人的
想像：

石崇每要客燕集，常令美人行酒。客飲酒不盡者，使黃門交
斬美人。王丞相與大將軍嘗共詣崇。丞相素不能飲，輒自勉
彊，至於沈醉。每至大將軍，固不飲，以觀其變。已斬三
人，顏色如故，尚不肯飲。丞相讓之，大將軍曰：「自殺伊
家人，何預卿事！」

「石崇為荊州刺史，劫奪殺人，以致巨富」[13]，他與王愷鬥

12　干寶：《晉紀總論》，《文選》卷四十九，上海古籍出版社1986年新1版，第2186頁。
13　王隱：《晉書》。轉引自劉孝標注《世說新語校箋》，中華書局1984年新1版，第
　　468頁。

富爭豪的故事膾炙人口。王丞相即王導。大將軍即王敦，擁權
自重，有震主之威。石崇令美人行酒，客人飲酒不盡，即斬美
人，他不把美人當人，只看作是家藏之物，如他擊碎王愷的珊
瑚樹一般。這種待客之道，令人髮指。王導恬暢謹順，不能飲
酒，見狀即勉為乾杯以至沉醉；而王敦恰與王導相反，視殺人
如兒戲，「自殺伊家人，何預卿事」一語，暴露了他內心的冷
酷。記敘這樣一場酒宴，短短數句，三人的性格灼然而見。

〈忿狷〉篇寫王藍田性急：

> 王藍田性急。嘗食雞子，以箸刺之，不得，便大怒，舉以擲
> 地。雞子於地圓轉未止，仍下地以屐齒蹍之，又不得，瞋
> 甚，復於地取內口中，齧破即吐之。王右軍聞而大笑曰：「使
> 安期有此性，猶當無一豪可論，況藍田邪？」

王藍田，名述，字懷祖，襲爵藍田侯，故稱。此篇只是抓
住王述吃雞蛋的細節，就把他急性子的脾氣和盤托出，甚得此
人神韻。

《世說新語》所記皆逸事瑣語，道聽塗說不少，但它簡約
玄澹，足為魏晉南北朝志人小說的代表。它不是敘事文學的
小說，可是它以形寫神的筆法，對後世小說創作有著深遠的影
響。它所代表的這種文類，是魏晉南北朝時期的產物，由於影
響極大，後世文人仿效不絕，遂形成一種源遠流長的文體，或
稱為「世說體」，或稱「志人小說」，直到清朝還有《玉劍尊聞》、

《明語林》、《明逸編》、《今世說》等。它和志怪小說一樣，孕育了敍事文學的小說，但它們並未因小說的誕生而消失，它們作為獨立的文體存在於文壇，有千年的歷史。

第五章
史傳敘事與雜史雜傳

第一節　史傳敘事

中國敘事傳統是由史傳建立起來的，小說敘事是史傳敘事的延續和發展。

秦漢以前的歷史典籍今存有《尚書》、《世本》、《國語》、《戰國策》、《春秋》、《左傳》等，除《尚書》、《世本》外，它們大體可分為編年史和國別史兩類。編年史以《春秋》、《左傳》為代表，國別史以《國語》、《戰國策》為代表。《春秋》記載上自魯隱西元年（西元前七二二年），下至魯哀公十四年（西元前四八一年）的歷史，十二個魯君，二百四十二年。它並不限於記魯國的事，當時其他國的重大事件也在記敘的範圍。《左傳》以《春秋》為綱，充實了比較詳細具體的歷史事實，加強敘事成分。全書六十卷，共十八萬餘字。《國語》二十一篇，起自周穆王，迄於魯悼公，分別記載春秋八個國家的史實，但各國事蹟記敘詳略不同，寫法也不完全一致，很可能是一部彙編各國史冊的書。《戰國策》也是一部史料的彙編，記敘了「繼《春秋》以後，迄楚漢之起，二百四十五年間之事」[01]，它的特點是較詳細地記載了戰國時期諸多謀臣策士遊說辯論的情況，有許多生動的場面描寫。今存的《戰國策》經過西漢劉向的集錄整理。

史傳發展到西漢達到輝煌的高峰，最具代表性的就是司馬

01　劉向：《戰國策書錄》。

遷的《史記》。《史記》記載了起於傳說中的黃帝，止於漢武帝的歷史，上下三千年，卷帙之浩繁，記事之詳明，體例之確當，都是空前的。它承前啟後，是中國史傳的經典，也是中國敘事文學歷史上的里程碑。

　　史傳結構方式，或者稱為體例，有兩種類型，一是編年體，如上述的《春秋》、《左傳》。二是紀傳體，這是《史記》的創造。編年體以年月時序為經，以事實為緯，對於歷史人物和事件的星移斗轉，對於歷史大潮的承傳起伏，可以作連貫的記敘。這是它的長處。但由於它要依從時序，不能夠在某一個人物或某一個事件上作較長時間的停留，更不能把時間暫時凝固起來，對一個人物或事件作前因後果的完整的描述。換言之，編年體對於歷史宏觀變化可以作連貫的軌跡清晰的記敘，而不能對重要人物事件作首尾完整的記敘。司馬遷鑑於此而創立了紀傳體。紀傳體用「本紀」記述帝王生平，兼以排比大事，用「世家」記述王侯及特殊人物，用「表」以統系年代、世系及人物等，用「書」（後世史書或稱「志」）記載典章制度的原委，用「列傳」記述人物、民族及外國。如果說編年體是以事件為中心的話，那麼紀傳體則是以人物為中心。紀傳體對於歷史人物的生平及以人物為中心的事件可以作連貫而又完整的記敘，可以對某些重大的歷史場面進行從容不迫、繪聲繪色的描寫，因而能夠局部地再現歷史場景。編年體和紀傳體對於後世長篇小

第五章　史傳敘事與雜史雜傳

說創作影響深遠，可以說它們為長篇小說結構類型的形成奠定了基礎。

　　總體結構採用編年體的小說如《三國志演義》、《金瓶梅》和《紅樓夢》等，情節都是嚴格按時間順序結構，它們的情節都可以排列出一張大事年表，現今有「金瓶梅系年」、「紅樓夢年表」之類的著述發表，就是一個證明。但我們只說這類作品是「總體結構採用編年體」，那是因為它們局部情節也採用列傳結構。例如《三國志演義》寫關羽「五關斬將」，敘事的焦點始終聚焦在關羽身上，在此同時發生的其他情節均按下不表，這樣保持了「五關斬將」的情節一貫性，待關羽過了五關，再來倒敘張飛與劉備、關羽失散後的經歷，芒碭山落草，投河北，占古城等，這就是局部採用紀傳體結構。這類手法在《金瓶梅》、《紅樓夢》中更不少見。

　　總體結構採用紀傳體的小說如《水滸傳》、《儒林外史》等。《水滸傳》前七十回基本採用紀傳體，分別給人物寫傳，其順序大體是：魯智深—林沖—楊志—晁蓋—宋江—武松等，梁山聚義三打祝家莊以後按編年，但局部仍採用紀傳體結構。《水滸傳》不像《三國志演義》、《金瓶梅》、《紅樓夢》可以理出大事年表來，尤其是它的前半部分。《儒林外史》更是一部儒林列傳，周進—范進—嚴監生、嚴貢生—蘧公孫—匡超人—杜少卿等，其結構比《水滸傳》鬆散得多，人物之間或者根本毫無關係

或者只有極其薄弱的關聯，全書無法編年。

　　史傳的敘事，唐代劉知幾《史通》曾將它分為四體：一曰「直紀其才行」，例如《尚書》稱帝堯之德，標以「允恭克讓」，《春秋左傳》言子太叔之狀，目以「美秀而文」；二曰「唯書其事蹟」，例如《左傳》載申生為驪姬所譖，自縊而亡，《漢書史》稱紀信為項籍所圍，代君而死，敘述中不評論其節操，只敘其事蹟而節操自見；三曰「因言語而可知」，例如《尚書》記武王歷數紂王的罪行說：「焚炙忠良，刳剔孕婦。」《左傳》記隨會之論楚君說：「篳路藍縷，以啟山林。」僅記其言語即可知紂王和楚君的才行；四曰「假贊論而自見」，例如《史記・衛青傳》篇末太史公曰，蘇建嘗責大將軍不薦賢待士。《漢書・孝文紀》篇末贊曰：「吳王詐病不朝，賜以几杖。」大將軍即衛青，蘇建責備他不薦賢納士，衛青認為這是人主之權柄，他只是恪盡職守而已。吳王即漢文帝的堂兄劉濞，劉濞對文帝不滿，詐病不朝，文帝賜以几杖表示優待，班固提及此事是要說明文帝待人寬大。這四體用現代的話來表述，就是：一、描狀才行；二、記敘事蹟；三、記錄言語；四、作者議論。劉知幾認為史傳文運用四體時應該用一而省三，同時兼用便不合簡約的要求。[02] 劉知幾的這個原則且不論，他所歸納的史傳文的四體，合併起來恰好是小說文體的全部，描寫、敘述、人物對話和作者議論，

02　詳見劉知幾《史通》卷六〈敘事〉。

小說的敘事成分莫過如此。

　　史傳文的敘事方式，一般採用第三人稱全知視角的客觀敘述。它的要義有二：一是全知視角，二是客觀敘述。所謂全知視角，就是敘述者對他敘述的對象無所不知，包括那些絕不可能為外人所知的隱祕也瞭若指掌。例如《左傳·僖公二十四年》介之推與其母偕逃之前的對話，外人無以知曉，因為母子兩人偕逃後便消失了，但《左傳》卻寫得如聞如見：

> 晉侯賞從亡者，介之推不言祿，祿亦弗及。推曰：「獻公之子九人，唯君在矣！惠、懷無親，外內棄之。天未絕晉，必將有主。主晉祀者，非君而誰？天實置之，而二三子以為己力，不亦誣乎？竊人之財，猶謂之盜；況貪天之功以為己力乎？下義其罪，上賞其奸；上下相蒙，難與處矣。」其母曰：「盍亦求之，以死誰懟？」對曰：「尤而效之，罪又甚焉！且出怨言，不食其食。」其母曰：「亦使知之，若何？」對曰：「言，身之文也；身將隱，焉用文之？是求顯也。」其母曰：「能如是乎？與女偕隱。」遂隱而死。

　　又如宣公二年鉏麑自殺前的慨嘆，外人也不可能得知，《左傳》也言之鑿鑿：

> 公（晉靈公）患之（趙盾）。使鉏麑賊之。晨往，寢門辟矣。盛服將朝，尚早，坐而假寐。麑退，嘆而言曰：「不忘恭敬，民之主也！賊民之主，不忠；棄君之命，不信。有一於此，不如死也。」觸槐而死。

錢鍾書《管錐編》徵引以上兩條然後評論說:「上古既無錄音之具,又乏速記之方,駟不及舌,而何其口角親切,如聆謦欬歟?或為密勿之談,或乃心口相語,屬垣爆隱,何所據依?如僖公二十四年介之推與母偕逃前之問答,宣公二年鉏麑自殺前之慨嘆,皆生無傍證、死無對證者。注家雖曲意彌縫,而讀者終不饜心息喙。紀昀《閱微草堂筆記》卷一一曰:『鉏麑槐下之詞,渾良夫夢中之噪,誰聞之歟?』李元度《天岳山房文鈔》卷一〈鉏麑論〉曰:『又誰聞而誰述之耶?』李伯元《文明小史》第二十五回王濟川亦以此問塾師,且曰:『把他寫上,這分明是個漏洞!』……史家追敘真人實事,每須遙體人情,懸想事勢,設身局中,潛心腔內,忖之度之,以揣以摩,庶幾入情合理。……《左傳》記言而實乃擬言、代言,謂是後世小說、院本中對話、賓白之椎輪草創,未遽過也。」[03] 全知視角,敘述者就像是一位全知的上帝,任何隱密和隱衷都在他的視野之中,他都可以把它們描述出來。

　　客觀敘述是指在敘述中不直接表達敘述者的傾向,讓事實自己來說話。這種敘述是一種呈現式的敘述,亦即再現歷史場景。當然,敘述者並非沒有自己的立場和觀點,他只不過把自己的立場和觀點隱蔽起來罷了。史傳文用最簡約的語言敘事,既要維持其客觀性,又要讓讀者在字裡行間領悟到敘事者的褒

03　錢鍾書:《管錐編·左傳正義》卷一《杜預序》,中華書局1979年版,第164—166頁。

貶，於是常常使用「春秋筆法」，微言中寓藏大義。杜預曾分析「春秋筆法」有五種類型：

> 一曰微而顯，文見於此而起義在彼，稱族尊君命、舍族尊夫人、梁亡、城緣陵之類是也。二曰志而晦，約言示制，推以知例，參會不地、與謀曰及之類是也。三曰婉而成章，曲從義訓以示大順，諸所諱辟、璧假許田之類是也。四曰盡而不汙，直書其事，具文見意，丹楹、刻桷、天王求車、齊侯獻捷之類是也。五曰懲惡而勸善，求名而亡，欲蓋而章，書齊豹盜、三叛人名之類是也。[04]

　　杜預這是告訴我們怎樣從《春秋》簡約而客觀的文字中探求作者的態度。第一種情況叫作「微而顯」，一段文字如果孤立地看它，看不出它所隱含的褒貶，若把同類的寫法歸納起來加以比較，其深藏的意思便顯露出來。杜預舉了三個例子。一是《春秋》成公十四年：「秋，叔孫僑如如齊逆女。」、「九月，僑如以夫人婦姜氏至自齊。」前後對僑如的稱呼略有不同，前者在僑如前頭冠以族名「叔孫」，這是表示尊重，因為他代表國君出使齊國；後者不稱族名，是因為要尊重夫人。二是《春秋》僖公十九年：「梁亡。」按《春秋》的中性（不含褒貶）寫法應寫成「秦滅梁」，這裡寫作「梁亡」，意指梁自取滅亡，含有貶義。三是《春秋》僖公十四年：「諸侯城緣陵。」、「城緣陵」即緣陵築城，指

04　《春秋左傳正義》卷一〈春秋序〉，阮元校刻：《十三經注疏》下冊，中華書局 1980年影印本，第 1706—1707 頁。

齊國率領諸侯替杞國緣陵築城，這裡省去「齊」不說，含有批評齊國不負責任，城未築牢便不理不睬的意思。

第二種情況叫作「志而晦」，意謂《春秋》的文字簡約而隱晦，必須加以推求，方知其體例，從而明白作者的態度。杜預舉了兩個例子。其一是「參會不地」，參加會盟而不記會盟地點，這表示會盟未遂，因為凡是會盟成功的均記會盟地點。其二是「與謀日及」，凡記出兵會合別國作戰而事先同謀的叫「及」，倘若事前未予同盟而臨時被迫出兵的則叫「會」，如《春秋》宣公七年：「公會齊侯伐萊。」表示宣公是被迫出兵。

第三種情況叫作「婉而成章」，意謂用婉轉避諱的方式記敘。杜預舉了「璧假許田」的例子，《春秋》桓西元年：「鄭伯以璧假許田。」文字表面是說鄭伯用璧來借魯國的許田，其實內有隱衷，按禮制，諸侯的田地不能交換，鄭國以祊田交換魯國的許田，因祊田量少不足以與許田等價，故鄭伯添上塊璧作為補償。《春秋》替他們隱諱，不言交換，而說「以璧假許田」。

第四種情況叫作「盡而不汙」，意謂照實記錄，是非曲直及作者褒貶不言自明。杜預舉了四個例子。一是「丹楹」，將房柱漆成紅色，《春秋》莊公二十三年：「秋，丹桓宮楹。」按禮制，諸侯房舍柱子不能漆成紅色，桓公這樣做，顯然違反禮制，無須再加評論。以下三例都是明顯背禮之事，禮制規定椽子不雕刻，天子不能向諸侯索取規定之外的貢物，諸侯彼此不能贈送

俘虜。《春秋》莊公二十四年：「春，刻桓公桷。」又桓公十五年：「天王使家父來求車。」又莊公三十一年：「齊侯來獻戎捷（齊侯把戎的俘虜獻給魯國）。」三件事均照實記錄，未加任何褒貶，因為在當時這些行為之不合禮制是人所共知的。

　　第五種情況叫作「懲惡而勸善」，作者的態度展現在如何稱呼名字和稱呼不稱呼名字上。衛國的齊豹殺死衛侯之兄，《春秋》昭公二十年：「盜殺衛侯之兄縶。」稱齊豹為「盜」，不稱他的名字，顯然是譴責之意。又襄公二十一年：「邾庶其以漆、閭丘來奔。」昭公五年：「莒牟夷以牟婁及防茲來奔。」昭公三十一年：「邾黑肱以濫來奔。」庶其、牟夷、黑肱三個人都是拿自己國家的土地作為見面禮投奔魯國，他們三人名位低微，不具備上《春秋》的資格，但作者為了譴責他們叛賣國家的行為，讓他們遺臭萬年，破例予以記錄。

　　杜預的分析告訴我們，春秋筆法的本質特徵是客觀敘述，作者的態度寓含在事實的敘述中，但敘述中選詞用字極其講究，所謂一字寓褒貶，微言而有大義。春秋筆法對後世小說的敘述方式有著深刻影響，如《紅樓夢》就運用得十分嫻熟，黛玉、寶釵，晴雯、襲人，孰尊孰貶，表面似乎難以定奪，但作者實有態度存焉。劉銓福評論說：「《紅樓夢》雖小說，然曲而達，微而顯，頗得史家法。」[05]

05　劉銓福：〈脂硯齋重評石頭記跋〉。轉引自一粟編《紅樓夢卷》，中華書局1963年版，

史傳文的客觀敘述，主要採用全知視角，但也有採用限知視角的。限知敘述，是說敘述者只能寫他看得到、聽得著的東西，敘述者可以是作品中的人物，而且可以由作品中人物輪流擔當。紀昀曾責難《聊齋志異》的全知敘述：

> 小說既述見聞，即屬敘事，不比戲場關目，隨意裝點。……今燕暱之詞，媟狎之態，細微曲折，摹繪如生，使出自言，似無此理，使出作者代言，則何從而聞見之，又所未解也。[06]

　　紀昀所謂的「小說」，如《四庫全書總目》所指，並不是文學意義的、以虛構為特徵的小說，它指的是附庸於史傳的叢殘小語，因而它要求排斥虛擬，摒棄全知敘述。《聊齋志異》有全知敘述，也有限知敘述，前述《左傳》寫介之推與母偕逃前的談話，鉏麑自殺前的慨嘆，難道不是全知敘述？紀昀自己的《閱微草堂筆記》亦不乏全知敘述的事例。紀昀的批評自是過於苛刻，但這批評使我們知道何為全知、何為限知。錢鍾書《管錐編》將《左傳》一段敘述與〈阿房宮賦〉比較，又與外國敘事作品類比，他說：

> 「楚子登巢車以望晉軍，子重使太宰伯州犁侍于王后。王曰：『騁而左右，何也？』曰：『召軍吏也。』『皆聚於中軍

第 38 頁。

06　轉引自盛時彥〈姑妄聽之跋〉，侯忠義編：《中國文言小說參考資料》，北京大學出版社 1985 年版，第 33 頁。

矣。』曰：『合謀也。』『張幕矣。』曰：『虔卜於先君也。』
『徹幕矣。』曰：『將發命也。』『甚囂且塵上矣。』曰：『將
塞井夷灶而為行也。』『皆乘矣。左右執兵而下矣。』曰：『聽
誓也。』『戰乎？』曰：『未可知也。』『乘而左右皆下矣。』
曰：『戰禱也。』」按：不直書甲之運為，而假乙眼中舌端出
之（The indirect presentation），純乎小說筆法矣。杜牧
〈阿房宮賦〉云：「明星熒熒，開妝鏡也；綠雲擾擾，梳曉鬟
也；渭流漲膩，棄脂水也；煙斜霧橫，焚椒蘭也。雷霆乍
驚，宮車過也；轆轆遠聽，杳不知其所之也。」與此節句調
略同，機杼迴別。杜賦乃作者幕後之解答，外附者也；左傳
則人物局中之對答，內屬者也。一隻鋪陳場面，一能推進情
事。甲之行事，不假乙之目見，而假乙之耳聞亦可，如迭更
司小說中描寫選舉，從歡呼聲之漸高知事之進展（Suddenly
the crowd set-up a great cheer etc.），其理莫二也。西
方典籍寫敵家情狀而手眼與左氏相類者，如荷馬史詩中特
洛伊王登城望希臘軍而命海倫指名敵師將領（Priam spake
and called Helen to him etc.），塔索史詩中回教王登城望
十字軍而命愛米妮亞指名敵師將領（Conosce Erminia nel
celeste campo / e dice al reecc.），皆膾炙人口之名章佳
什。[07]

　　成公十六年的晉楚鄢陵之戰是歷史上的一次著名戰役，晉
軍臨戰前的種種「運為」，《左傳》作者不用全知視角進行客觀
描述，而採用限知視角，用楚王之口將目中所見敘出，晉軍陣

07　錢鍾書：《管錐編》，中華書局 1979 年版，第 210 頁。

營中騎馬飛奔召集軍佐以及在中軍合謀、張幕、祈禱、撤幕、發令等,「不直書甲之運為,而假乙眼中舌端出之」,故事裡人物的視野取代作者無所不見的眼睛,這就是限知視角的客觀敘述。杜牧〈阿房宮賦〉的敘述,也是一問一答,但答者不是局中之人,而是作者自己,它與《左傳》之差別在於它是全知敘述。錢鍾書稱《左傳》此段敘述為「純乎小說筆法」,的確,小說家借用小說中角色的眼睛來觀察和敘述,讓作者完全隱退,產生一種真實的效果,在經典作品中時時可見。它是呈現式敘述,美國 W.C. 布斯《小說修辭學》稱之為「戲劇化的敘述」[08]。

　　史傳敘事方式為小說所繼承,小說在文體上與史傳一脈相承。金聖歎說:「《水滸傳》方法,都從《史記》出來,卻有許多勝似《史記》處。」[09]毛宗崗說:「《三國》敘事之佳,直與《史記》彷彿。」[10]張竹坡說:「《金瓶梅》是一部《史記》。」[11]

　　在敘事的層面上,小說與史傳如出一轍,它們之間的根本差別,在於史傳是實錄發生過的人和事,是以文運事,而小說是虛構人物情節,是因文生事。

第二節　史傳與小說之間——雜史雜傳

08　[美] W.C. 布斯:《小說修辭學》,華明等譯,北京大學出版社 1987 年版。

09　金聖歎:《讀第五才子書法》。

10　毛宗崗:《讀三國志法》。

11　張竹坡:《批評第一奇書金瓶梅‧讀法》。

史傳的靈魂在於紀實，虛構和誇飾的加入便會使歷史記述偏離軌道，這種偏離或可稱為「小說化」。史學家和傳統文論家對史傳的小說化是嚴加批評的，劉勰說：「夫追述遠代，代遠多偽。公羊高云『傳聞異辭』，荀況稱『錄遠詳近』，蓋文疑則闕，貴信史也。然俗皆愛奇，莫顧實理。傳聞而欲偉其事，錄遠而欲詳其跡。於是棄同即異，穿鑿傍說，舊史所無，我書則傳。此訛濫之本源，而述遠之巨蠹也。」[12]

劉勰引證《公羊傳》隱西元年，《春秋》記「公子益師卒」而不記日期，是因為年代久遠，存有各種說法，故略而不記，這是史傳應有的態度和品質。可是「俗皆愛奇」，一些記史者為迎合讀者這種心理，將那些本來只存大略的久遠歷史，卻要發揮想像加以虛擬鋪陳，劉勰認為這是「述遠之巨蠹也」。這種述史而虛擬的傾向背離了信史的原則，但卻開啟了小說的先河。這種傾向所產生的作品，史家和傳統文論家都不承認它們是信史，雖然也把它們歸在「史部」，但貶之為「雜史」、「雜傳」。

雜史雜傳的概念是《隋書》提出的。《隋書·經籍志》認為《戰國策》、《楚漢春秋》、《越絕書》、《吳越春秋》等書，「皆不與《春秋》、《史記》、《漢書》相似，蓋率爾而作，非史策之正」，「體制不經，又有委巷之說，迂怪妄誕，真虛莫測，然其大抵皆帝

12　劉勰：《文心雕龍·史傳第十六》，轉引自周振甫《文心雕龍注釋》，人民文學出版社 1981 年版，第 171—172 頁。

王之事」，謂之雜史。《隋書・經籍志》所謂的雜傳，指《史記》、《漢書》等正史所不記載的人物，後人為之立傳，如《列仙傳》、《列女傳》、《列異傳》、《高士傳》等，總之是「作者甚眾，名目轉廣，而又雜以虛誕怪妄之說」者。元代馬端臨《文獻通考》對雜史雜傳的定義更為明晰一些：

> 按雜史雜傳皆野史之流，出於正史之外者。蓋雜史，紀志編年之屬也，所紀者一代或一時之事。雜傳者，列傳之屬也，所紀者一人之事。然固有名為一人之事，而實關係一代一時之事者，又有參錯互見者。[13]

這些定義都只能是大概而言之，雜史雜傳與傳統目錄學中的小說、傳記、故事等，界限都不是涇渭分明的。比如《隋書・經籍志》把《列仙傳》、《列異傳》稱為雜傳而不列入「小說家」，但又把《燕丹子》列入「小說家」。又比如《四庫全書總目》「史部」有「雜史」一目，沒有「雜傳」，卻另有「傳記」，《燕丹子》也依《隋志》歸在「小說家」類。雜史雜傳與「小說家」分界的模糊，恰好證明它們與小說有著十分密切的關係。述史記事的文字，作者若馳騁想像，放縱才情，便被正統文論譏為以小說為古文辭，這樣的文字也就被視為「小說」，而非信史。

唐代傳奇小說多以「傳」、「記」、「錄」命名，如〈鶯鶯傳〉、〈枕中記〉、〈異夢錄〉等，亦足以說明傳奇小說與雜史雜傳的精

13　馬端臨：《文獻通考》卷一九五，中華書局 1986 年版，第 1647 頁。

神和文體的淵源。明代大量出現的講史小說，大多按《通鑑綱目》演義，抄史又雜以傳說，也頗有雜史的影子。

第三節　　《吳越春秋》與《燕丹子》

《吳越春秋》十卷，《四庫全書總目》史部載記類著錄，稱「隋、唐《經籍志》皆云十二卷。今存者十卷，殆非全書」[14]。作者趙曄，字長君，東漢會稽山陰（今浙江紹興）人，生卒年不詳。生平見《後漢書・儒林傳》，只做過縣吏之類的小官，著作還有《詩細》、《曆神淵》等，惜皆不存。《吳越春秋》記敘吳越兩國爭霸的歷史，這一段興亡史頗富戲劇性，明代錢福在《重刊〈吳越春秋〉序》中說：「孟軻氏稱：『入則無法家拂士，出則無敵國外患者，國恆亡，然後知生於憂患而死於安樂也。』觀二國之興而僨，僨而興，斯昭昭矣。驕畏之殊，興亡所繫；忠讒之判，禍福攸分。可畏哉！」[15]

錢福讀《吳越春秋》所得到的啟迪，大致就是作者撰作此書所要表達的思想。作者稱吳為內傳，稱越為外傳，但作者的傾向卻是在越國一方的。他用吳國伍子胥之忠對比吳國伯嚭之讒，吳王夫差偏信伯嚭而殺子胥，足顯其昏。又用越王勾踐之忍辱負重，臥薪嘗膽，對比夫差之驕奢淫逸，說明夫差之亡，

14　《四庫全書總目》，中華書局 1965 年版，第 582 頁。

15　《吳越春秋》，江蘇古籍出版社 1986 年版，第 160 頁。

咎由自取。主題思想十分鮮明。

　　書中對於夫差的驕奢淫逸和勾踐的奮發圖強進行了大篇幅的描寫，許多材料不見於《左傳》、《國語》、《史記》記載，它們或者出於野史，或者出於作者的想像。如勾踐入臣吳國，臨行時在江上與群臣慘然相別，書中寫道：

> 群臣垂泣，莫不咸哀。越王仰天嘆曰：「死者，人之所畏。若孤之聞死，其於心胸中曾無怵惕。」遂登船徑去，終不返顧。越王夫人乃據船哭，顧烏鵲啄江渚之蝦，飛去復來，因哭而歌之曰：「仰飛鳥兮烏鳶，凌玄虛號翩翩。集洲渚兮優恣，啄蝦矯翮兮雲間，任厥口（此處缺一字）兮往還。妾無罪兮負地，有何辜兮譴天。獨兮西往，孰知返兮何年！心惙惙兮若割，淚泫泫兮雙懸。」又哀今日：「彼飛鳥兮鳶烏，已回翔兮翕蘇。心在專兮素蝦，何居食兮江湖。徊復翔兮遊颺，去復返兮於乎！始事君兮去家，終我命兮君都。終來遇兮何辜，離我國兮去吳。妻衣褐兮為婢，夫去冕兮為奴。歲遙遙兮難極，冤悲痛兮心惻。腸千結兮服膺，於乎哀兮忘食。願我身兮如鳥，身翱翔兮矯翼。去我國兮心搖，情憤惋兮誰識！」[16]

　　勾踐的仰天長嘆和夫人的引項哀歌，茫茫江面，烏鵲徘徊，此景此情，充滿悲劇精神。這個場面和夫人的觸景生情，都是作者設身處地的想像，乃是小說筆法。當寫到勾踐打敗夫

16　引自《吳越春秋》，江蘇古籍出版社 1986 年版。下不再注。

差，作者對於階下囚的夫差卻毫無憐憫之心，藉越國大夫之
口，指斥夫差說：

> 昔天以越賜吳，吳不肯受，是天所反。勾踐敬天而功，既得
> 返國，今上天報越之功，敬而受之，不敢忘也。且吳有大過
> 六，以至于亡，王知之乎？有忠臣伍子胥忠諫而身死，大
> 過一也；公孫聖直說而無功，大過二也；太宰嚭愚而佞，
> 言輕而讒諛，妄語恣口，聽而用之，大過三也；夫齊晉無返
> 逆行，無僭侈之過，而吳伐二國，辱君臣，毀社稷，大過四
> 也；且吳與越同音共律，上合星宿，下共一理，而吳侵伐，
> 大過五也；昔越親戕吳之前王，罪莫大焉，而幸伐之，不從
> 天命，而棄其仇，後為大患，大過六也。

這段話歷數夫差的昏庸、驕狂和決策失誤，代表了作者對
夫差的歷史評價。夫差對勾踐的寬恕竟成了一大罪狀，在夫差
聽來，自然是追悔莫及，無地自容，於是引劍自裁。作者態度
的褒貶，溢於言表。

從體例看，《吳越春秋》已不是純粹的紀傳體。今存本為十
卷，但據隋唐史志著錄應是十二卷，明人錢福曾推測失去的二
卷為「西施之至吳」和「范蠡之去越」。今存本儘管缺佚二卷，
卻無傷大局，全書的基本面貌還是保存下來了。十卷本的前五
卷寫吳國：卷第一吳太伯傳、卷第二吳王壽夢傳、卷第三王僚
使公子光傳、卷第四闔閭內傳、卷第五夫差內傳；後五卷寫越
國：卷第六越王無余外傳、卷第七勾踐入臣外傳、卷第八勾踐

歸國外傳、卷第九勾踐陰謀外傳、卷第十勾踐伐吳外傳。從總體看，全書似乎沿襲著《史記》體例，前五卷按吳國世系敘吳國歷史，重點在闔閭夫差，可視為吳國編年史，也可看作是《史記》卷三十一〈吳太伯世家〉的擴充；後五卷按越國世系敘越國歷史，重點在勾踐，可視為越國編年史，也可看作是《史記》卷四十一〈越王勾踐世家〉的擴充。但它又不是紀傳體，前五卷寫了闔閭、夫差，同時還寫了伍子胥和伯嚭。伯嚭在《史記》中沒有正傳，也沒有附傳，在世家的世系中也沒有專載，伯嚭的地位被抬高了，這顯然是作者要強調他在吳國興亡中的作用。伍子胥在《史記》卷六十六中是有正傳的。後五卷的結構也一樣。由此看來，《吳越春秋》實際上是糅合世家列傳為一體，按時序對吳國歷史進行綜合性敘述，這種結構方式已具備了後世歷史演義小說的雛形。

越王勾踐為攻吳練兵，范蠡向他推薦嫻於劍術的越女做軍中教練，卷九描述越女應聘途中與袁公比試劍術，十分神奇；向越王談論劍道說：「其其道甚微而易，其意甚幽而深。道有門戶，亦有陰陽。開門閉戶，陰衰陽興。凡手戰之道，內實精神，外示安儀，見之似好婦，奪之似懼虎，布形候氣，與神俱往，杳之若日，偏如滕兔，追形逐影，光若彿彷，呼吸往來，不及法禁，縱橫逆順，直復不聞。斯道者，一人當百，百人當萬。」越女的形象和她的劍道，完全是小說家所言，但對於後世

第五章　史傳敘事與雜史雜傳

的劍俠小說卻有深遠的影響。

漢晉間，性質與《吳越春秋》相近且影響巨大的作品有《燕丹子》。兩書都是述史，都是在敘述中穿插傳說和依憑較多想像，但深究起來，它們之間又有差異，《隋書·經籍志》稱《吳越春秋》為「雜史」，稱《燕丹子》為「小說」。《隋書》認為，《吳越春秋》雖雜有委巷之說，總體上仍不失為史，而《燕丹子》卻屬於街談巷語之類。其區別的標準在於虛實的有無和多寡。《四庫全書總目》沿襲《隋書》，將《吳越春秋》劃在史部「載記類」，把《燕丹子》列入「小說家類」。其實兩書都有明顯的虛構，虛構的量化尺度是不好確定的。它們的不同，應該是在意趣和處理史料的方式上。第一，《燕丹子》不像《吳越春秋》寫朝代興亡，它只是寫燕國歷史的一個片段，記敘燕太子丹如何招納荊軻去刺殺秦王，既不是燕國的完整歷史，甚至也不是燕太子丹的傳記；第二，《吳越春秋》記吳越興亡，意在演繹朝代興衰成敗的歷史教訓，有後世歷史演義小說的意趣，而《燕丹子》對興亡成敗不太感興趣，它只是要表現燕丹子的復仇精神和荊軻慷慨赴死的英雄氣概。如果說《吳越春秋》表現出史傳向歷史演義小說方向蛻變的趨勢，《燕丹子》則表現出史傳向英雄傳奇小說方向演化的緒端。

關於《燕丹子》的成書年代，歷來有不同意見。清代孫星衍認為是先秦的作品：「其書長於敘事，嫻於詞令，審是先秦

古書，亦略與《左氏》、《國策》相似，學在縱橫、小說兩家之間。」[17]

而此前明代胡應麟認為是漢末人所作：「余讀之，其文采誠有足觀，而詞氣頗與東京類，蓋漢末文士因太史《慶卿傳》增益怪誕為此書，正如《越絕》等編，掇拾前人遺帙，而托於子胥、子貢云爾。」[18]

他列舉文中所敘「烏白頭」、「馬生角」、「膾千里馬肝」、「截美人手」四事，指出前二事出自司馬遷《史記》「贊語」，其餘二事得之應劭、王充之說，故斷定它是漢末的作品。《四庫全書總目》更把它推後至南朝，認為是「宋、齊以前高手所為」。但不管怎麼說，它是隋代以前的作品是沒有疑義的。其作者已不可考。

胡應麟認為《燕丹子》是在司馬遷《史記》「荊軻傳」的基礎上增益一些怪誕情節而成，有一定的道理。《史記》卷三十四〈燕召公世家〉記燕太子丹事僅具梗概，卷八十六《刺客列傳》之〈荊軻傳〉不僅於荊軻事記敘較詳，而且記敘燕太子丹事也較「世家」要詳細得多，《燕丹子》依據《史記·刺客列傳》的可能性很大。

《燕丹子》為表現燕太子丹和荊軻以弱抗暴、報仇雪恥的英

17　孫星衍：《燕丹子敘》，轉引自程毅中點校《燕丹子》，中華書局 1985 年版，第 1 頁。
18　胡應麟：《少室山房筆叢》卷三十二〈四部正訛下〉，上海書店出版社 2001 年版，第 316 頁。

雄氣概和悲劇精神，在處理材料上已部分地拋棄了史傳方式。按《史記》寫荊軻，首先敘其家世生平，然後寫他遊俠至燕，這是「列傳」的體例。依從這個體例，《燕丹子》寫燕太子丹，也應該先敘其世系，但它卻不這樣寫，開篇即寫燕太子作為人質在秦國遭到的屈辱，著意寫他要報仇雪恥的強烈願望。這種開頭，已遠離史傳而接近小說：

> 燕太子丹質於秦，秦王遇之無禮，不得意，欲求歸。秦王不聽，謬言曰令烏白頭、馬生角，乃可許耳。丹仰天嘆，烏即白頭，馬生角。秦王不得已而遣之。為機發之橋，欲陷丹。丹過之，橋為不發。夜到關，關門未開。丹為雞鳴，眾雞皆鳴，遂得逃歸。[19]

按史傳體例，傳記應從傳主的生寫到死，一生事蹟儘管敘述起來有所側重、有所省略，但生、死兩端是不能不記的。《燕丹子》寫燕太子丹，既不以生為起，也不以死為訖，僅寫到荊軻刺殺秦王未遂而止，燕太子後來流亡遼東被殺的結局，連個交代都沒有。這種寫法，在史家眼中的確太離譜，所以《隋志》可以在「雜史」中容納《吳越春秋》，卻不肯容納《燕丹子》，把它歸在了「小說」類。

為了故事的生動和突出人物的某種品質以及人物關係的某種含義，《燕丹子》增飾了《史記》不曾記載的一些屬於傳說

19　引自程毅中點校《燕丹子》，中華書局 1985 年版。下不再注。

性質的怪異情節和細節。燕太子丹要求回國,秦王卻要扣住
這人質不放,揚言說假使烏鵲的頭白了,馬生出角來,燕太子
丹方可回國。燕太子丹仰天長嘆一聲,感天動地,烏鵲頭真的
白了,馬的頭上真的長出角來。秦王的強橫,燕太子丹懷念故
國、急欲擺脫秦王圈禁的心情,均得以表現。書中寫燕太子丹
為了復仇,籠絡荊軻,不惜一切代價和手段,黃金投龜、殺馬
進肝、玉盤盛手,無所不用其極:

> 軻拾瓦投龜,太子令人捧盤。荊軻,投盡復進。軻曰:「非
> 為太子愛金也,但臂痛耳。」後復共乘千里馬。軻曰:「馬
> 肝甚美。」太子即殺馬進肝。暨樊將軍得罪於秦,秦求之
> 急,乃來歸太子。太子置酒華陽之臺。酒中,太子出美人能
> 琴者。軻曰:「好手琴者!」太子即進之。軻曰:「但愛其手
> 耳。」太子斷手,盛以玉盤奉之。

太子丹如此禮賢下士,終於令荊軻感動,願意為知己者死。
《史記》寫荊軻刺秦王不遂,本是他的劍術不精,《燕丹子》的作
者大概覺得那樣太窩囊,有損荊軻的俠客形象,於是改成荊軻
抓住秦王,歷數秦王罪行後,又答應秦王聽琴聲而死的要求,
使得秦王從琴聲中得到啟發,掙脫衣袖而走,荊軻因以失敗告
終。荊軻為什麼在手刃秦王之前要如此囉唆?這是因為他藉樊
將軍之頭,曾向樊將軍許諾過,「數以負燕之罪,責以將軍之
仇」。刺殺秦王失敗了,而他重然諾的俠義本色卻被凸顯出來。
司馬遷說:「世言荊軻,其稱太子丹之命,『天雨粟,馬生角』

也，太過。又言荊軻傷秦王，皆非也。」[20]

　　《燕丹子》增飾和改寫的情節，大體來自傳說和作者的虛擬，不能視為信史，但從文學的角度看，它們為情節增添了聲色，突出了人物性格，加重了傳奇色彩，的確接近了小說。胡應麟稱《燕丹子》是「古今小說雜傳之祖」[21]，誠為確論。

　　雜史雜傳朝小說轉向，《吳越春秋》有向歷史演義小說發展的趨勢，《燕丹子》有英雄傳奇小說的傾向，而《漢武故事》和《漢武內傳》則又表現著向神魔小說發展的走向。

　　《漢武故事》據《隋志》和兩《唐志》著錄，為二卷，今本僅一卷，已有散佚。它的作者和成書年代，迄今尚無定論。《隋志》和兩《唐志》不題撰人，《崇文總目》雜史類著錄，題班固撰，宋代晁載之《續談助》卷一引唐代張柬之《洞冥記跋》的意見，認為是南齊王儉所作，也有認為是晉代葛洪撰寫的，意見紛紜。

　　《漢武故事》的特點，正如《四庫全書總目》所言，「亦多與《史記》、《漢書》相出入，而雜以妖妄之語」[22]。全書記述漢武帝自生於猗蘭殿至死葬茂陵一生瑣聞逸事，大體分四個方面：一是幼時故事以及即位後與後妃們的逸事，二是求仙的故事，

20　司馬遷：《史記》第八冊卷八十六〈刺客列傳〉，中華書局 1975 年版，第 2538 頁。

21　胡應麟：《少室山房筆叢》卷三十二〈四部正訛下〉，上海書店出版社 2001 年版，第 316 頁。

22　《四庫全書總目》卷一四二〈小說家類三〉，中華書局 1965 年版，第 1206 頁。

三是其他逸事，四是死後之事。所記故事不相連續，但眾多故事卻有一個核心內容，那就是求仙。

漢武帝招納方士求仙之事，《史記·孝武本紀》、《史記·封禪書》、《漢書·武帝本紀》均有記載。《漢武故事》寫到的人物，如東方朔、鉤弋夫人、少翁（文成將軍）、欒大（五利將軍）等，均是歷史人物。但它把這些人事進行了神奇化的處理。《史記·孝武本紀》曾記長陵女子事：「是時上求神君，舍之上林中蹄氏觀。神君者，長陵女子，以子死悲哀，故見神於先後宛若。宛若祠之其室，民多往祠。平原君往祠，其後子孫以尊顯。及武帝即位，則厚禮置祠之內中，聞其言，不見其人云。」[23]

此事在《漢武故事》中則被這樣描述：

> 漢武帝起柏梁臺以處神君，神君者，長陵女。嫁為人妻，生一男，數歲死，女悼痛之，歲中亦死，死而有靈，其姒宛若祠之。遂聞言，宛若為主。民人多往請福，說人家小事頗有驗。平原君亦事之，其後子孫尊顯，以為神君力，益尊貴。武帝即位，太后迎於宮中祭之，聞其言，不見其人。至是神君求出，乃營柏梁臺舍之。初，霍去病微時，數自禱神，神君乃見其形，自修飾，欲與去病交接。去病不肯，責神君曰：「吾以神君清潔，故齋戒祈福。今欲為淫，此非神明也。」自絕不復往，神君亦慚。及去病疾篤，上令禱神君，神君曰：「霍將軍精氣少，命不長。吾嘗欲乙太一精補之，

23　司馬遷：《史記》第二冊卷十二〈孝武本紀〉，中華書局 1975 年版，第 452—453 頁。

可得延年。霍將軍不曉此意，乃見斷絕。今不可救也。」去
病竟卒。衛太子未敗一年，神君乃去。東方朔娶宛若為小
妻，生子三人，與朔俱死。[24]

　　長陵女子死而有靈，乃《史記》所記，她成為神君之後與霍
去病的一段情感交集的神奇故事，為《史記》所無。依託某些個
歷史人物，幻想出千奇百怪的故事，正是後世神魔小說創作的
路向。

　　《漢武內傳》成書在《漢武故事》之後，《隋書‧經籍志》著
錄為三卷，今本為一卷，作者不詳。此書寫漢武帝會見西王母
的故事，乃增飾《漢武故事》有關文字而成。其他某些情節，如
漢景帝夢赤彘事，顯乃抄改自《洞冥記》，上元夫人及十洲之說
又源於《十洲記》。漢武帝會見西王母事，《漢武故事》寫得簡
略，不足四百字，但《漢武內傳》卻據以敷衍長至萬言。先有
墉宮玉女王子登自崑崙山降至承華殿，通知漢武帝說七月七日
王母即將降臨，屆時漢武帝備禮迎候，王母由群仙擁簇，駕九
色斑龍，乘紫雲之輦來到殿上，並設天宴招待漢武帝。宴席上
有仙桃仙酒，伴有眾仙所奏之仙樂、所唱之仙曲。王母與漢武
帝談修身養性，又特命上元夫人下降人間，上元夫人再設天廚
款待漢武帝，縱談長生之道，通宵達旦，王母乃授五嶽真形圖
而去。書中人物，除漢武帝之外全屬虛構，依據的都是神話傳

24　引自《太平廣記》卷二九一〈宛若〉。

說。敘述中夾以詩賦，鋪張藻繪，無論形式還是內容，比《漢武故事》距離史傳更遠。

第五章　史傳敘事與雜史雜傳

參考文獻

楊伯峻（1990）。《春秋左傳注》。北京：中華。

［漢］司馬遷（1975）。《史記》。北京：中華。

［漢］班固著［唐］顏師古注（1962）。《漢書》。北京：中華。

［南朝宋］范曄撰［唐］李賢等注（1965）。《後漢書》。北京：中華。

［晉］陳壽（1959）。《三國志》。北京：中華。

［後晉］劉昫等撰（1975）。《舊唐書》。北京：中華。

［宋］歐陽脩（1975）。《新唐書》。北京：中華。

［宋］司馬光（1956）。《資治通鑒》。北京：中華。

吉林出版編（2005）。《御批通鑒綱目》。吉林：吉林出版

汪聖澤（1977）。《宋史》。北京：中華。

［明］宋濂（1976）。《元史》。北京：中華。

［清］張廷玉（1974）。《明史》。北京：中華。

［清］吳乘權等輯，施意周點校（2009）。《綱鑒易知錄》。北京：中華。

［清］趙爾巽等撰（1977）。《清史稿》。北京：中華。

王鍾翰（1983）。《清史列傳》。北京：中華。

中華書局編（1986）。《清實錄》。北京：中華。

［清］阮元校刻（1980）。《十三經注疏》。北京：中華。

聞人軍（1986）。《諸子集成》。上海：上海古籍。

［唐］杜佑（1988）。《通典》。北京：中華。

［宋］馬端臨（1986）。《文獻通考》。北京：中華。

1965 年。《四庫全書總目》。北京：中華。

［南朝梁］蕭統（1986）。《文選》。上海：上海古籍。

陳鼓應注譯（1983）。《莊子今注今譯》。北京：中華。

陳鼓應編著（1984）。《老子注譯及評介》。北京：中華。

余嘉錫（1980）。《四庫提要辨證》。北京：中華。

葉瑛校注（1994）。《文史通義校注》。北京：中華。

季羨林校注（2000）。《大唐西域記校注》。北京：中華。

文獻

［清］浦起龍通釋（1978）。《史通通釋》。上海：上海古籍。

［清］趙翼著，王樹民校證（1984）。《廿二史劄記》，北京：中華。

［宋］蘇軾（1981）。《東坡志林》。北京：中華。

伊永文（2006）。《東京夢華錄箋注》。北京：中華。

［宋］孟元老（1998）。《東京夢華錄》（外四種），北京：文化藝術。

［元］陶宗儀（1959）。《南村輟耕錄》。北京：中華。

［南宋］周密（1988）。《癸辛雜識》。北京：中華。

［唐］徐堅（2004）。《初學記》。北京：中華。

［明］謝肇淛（2001）。《五雜組》。上海：上海書店。

［明］胡應麟（2001）。《少室山房筆叢》。上海：上海書店。

［明］王守仁（1992）。《王陽明全集》。上海：上海古籍。

王明編（1960）。《太平經合校》。北京：中華。

［明］陸容（1985）。《菽園雜記》。北京：中華。

［明］葉盛（1980）。《水東日記》。北京：中華。

［明］郎瑛（1988）。《七修類稿》。北京：文化藝術。

［明］鄧士龍（1993）。《國朝典故》。北京：北京大學。

［明］陸粲撰，譚棣華、陳稼禾點校（1987）。《庚巳編客座贅語》。北京：中華。

［明］李詡（1982）。《戒庵老人漫筆》。北京：中華。

［明］熊過（1997）。《南沙先生文集》。《四庫全書存目叢書・集部》第91冊，山東：齊魯。

［明］陳洪謨（1985）。《治世餘聞繼世紀聞》。北京：中華。

［明］沈德符（1959）。《萬曆野獲編》。北京：中華。

［明］余繼登（1981）。《典故紀聞》。北京：中華。

［明］田汝成（1980）。《西湖遊覽志》。浙江：浙江人民。

［明］田汝成（1980）。《西湖遊覽志餘》。浙江：浙江人民。

［明］何心隱（1981）。《何心隱集》。北京：中華。

楊正泰校注（1992）。《天下水陸路程（三種）》。山西：山西人民。

［明］王錡（1984）。《寓圃雜記》。北京：中華。

［明］宋懋澄（1984）。《九籥集》。北京：中國社會科學。

[明] 李清（1982）。《三垣筆記》。北京：中華。

[明] 鄭曉（1984）。《今言》。北京：中華。

[南宋] 洪邁（1994）。《容齋隨筆》。吉林：吉林文史。

[明] 劉若愚（1982）。《明宮史》。北京：北京古籍。

[清] 錢謙益（1982）。《國初群雄事略》。北京：中華。

[明] 王應奎（1983）。《柳南隨筆》。北京：中華。

[明] 湯顯祖（1982）。《湯顯祖詩文集》。上海：上海古籍。

[清] 王士禛（1982）。《池北偶談》。北京：中華。

[清] 王定安（1995）。《求闕齋弟子記》。上海：上海古籍。

[清] 陳田（1993）。《明詩紀事》。上海：上海古籍。

[清] 錢大昕（1997）。《嘉定錢大昕全集》。江蘇：江蘇古籍。

[清] 劉廷璣（2005）。《在園雜誌》。北京：中華。

[清] 劉獻廷（1957）。《廣陽雜記》。北京：中華。

[明] 姚士麟（1985）。《見只編》。《叢書集成初編》。北京：中華。

[明] 李贄（1975）。《焚書》。北京：中華。

[清] 徐鼒（1957）。《小腆紀年附考》。北京：中華。

[清] 俞樾（1995）。《茶香室叢鈔》。北京：中華。

[清] 琴川居士編（1967）。《皇清奏議》。新北：文海。

[清] 余治（1969）。《得一錄》。新竹：華文。

[清] 張宜泉（1984）。《春柳堂詩稿》。上海：上海古籍。

[清] 丁日昌（1969）。《撫吳公牘》。新竹：華文。

鄧之誠（1996）。《骨董瑣記全編》。北京：北京出版社。

朱駿聲（1958）。《六十四卦經解》。北京：中華。

李慈銘（2001）。《越縵堂讀書記》。遼寧：遼寧教育。

上海書店出版社編（2007）。《清代文字獄檔》。上海：上海書店。

[清] 愛新覺羅敦敏（1984）。《懋齋詩鈔·四松堂集》。上海：上海古籍。

[清] 繆荃孫（2014）。《繆荃孫全集》。江蘇：鳳凰。

汪維輝編（2005）。《朝鮮時代漢語教科書叢刊》。北京：中華。

[清] 董康（1988）。《書舶庸譚》。遼寧：遼寧教育。

浙江古籍出版社輯（1992）。《李漁全集》。浙江：浙江古籍。

文獻

[清] 丁耀亢（1999）。《丁耀亢全集》。河南：中州古籍。

盛偉編（1998）。《蒲松齡全集》。上海：學林。

孫漱石（1997）。《退醒廬筆記》。上海：上海書店。

[清] 梁啟超（1989）。《飲冰室合集》。北京：中華。

陶湘編（2000）。《書目叢刊》。遼寧：遼寧教育。

吳熙釗、鄧中好校（1985）。《康南海先生口說》。廣東：中山大學。

中國社科院近代史所等編（1981）。《孫中山全集》。北京：中華。

包天笑（1971）。《釧影樓回憶錄》。香港：大華。

[清] 顧炎武（1994）。《日知錄集釋》。湖南：岳麓書社。

[漢] 許慎（1963）。《說文解字》。北京：中華。

上海古籍出版社編（1986）。《全唐詩》。上海：上海古籍。

周振甫（1981）。《文心雕龍注釋》。北京：人民文學。

[明] 高儒（2005）。《百川書志》。上海：上海古籍。

王重民等編（1957）。《敦煌變文集》。北京：人民文學。

王重民（1983）。《中國善本書提要》。上海：上海古籍。

葉德輝（1988）。《書林清話》。遼寧：遼寧教育。

[清] 梁啟超（1985）。《中國近三百年學術史》。北京：北京中國書店。

湯用彤（1983）。《漢魏兩晉南北朝佛教史》。北京：中華。

程千帆（1980）。《唐代進士行卷與文學》。上海：上海古籍。

傅璇琮（1986）。《唐代科舉與文學》。陝西：陝西人民。

陳垣（2001）。《中國佛教史籍概論》。上海：上海世紀。

錢鍾書（1979）。《管錐編》。北京：中華。

錢存訓（2004）。《中國紙和印刷文化史》。廣西：廣西師範大學。

張秀民（1989）。《中國印刷史》。上海：上海人民。

雷夢辰（1989）。《清代各省禁書匯考》。北京：北京圖書館。

陳寅恪（1980）。《柳如是別傳》。上海：上海古籍。

余英時（1987）。《士與中國文化》。上海人民出版社。

戈公振（2003）。《中國報學史》。上海：上海古籍。

長澤規矩也（1952）。《和漢書的印刷及其歷史》。日本：吉川弘文館。

馬祖毅（1999）。《中國翻譯史》。湖北：湖北教育。

吳世昌（1984）。《羅音室學術論著》。北京：中國文聯。

陳耀東（1990）。《唐代文史考辨錄》。北京：團結。

謝國楨（2004）。《明清之際黨社運動考》。上海：上海書店。

蕭一山（1986）。《清代通史》。北京：中華。

中國人民大學清史研究所編（2000）。《清史編年》。北京：中國人民大學。

[清] 蟲天子（1992）。《香豔叢書》。北京：人民文學。

周越然（1996）。《書與回憶》。遼寧：遼寧教育。

鄭光主編（2000）。《元刊〈老乞大〉研究》。北京：外語教學與研究。

陳平原、夏曉虹編（1997）。《二十世紀中國小說理論資料》。北京：北京大學。

W・C・布思 (John Wilkes Booth) 著，付禮軍譯（1987）。《小說修辭學》。北京：北京大學。

大衛・利明、愛德溫・貝爾德（1990）。《神話學》（李培茱等譯），上海：上海人民。

[英] 盧伯克（1990）。《小說美學經典三種》。上海：上海文藝。

愛克曼輯錄，朱光潛譯（1978）。《歌德談話錄》。北京：人民文學。

丁錫根編（1996）。《中國歷代小說序跋集》。北京：人民文學。

舒蕪等編（1981）。《中國近代文論選》。北京：人民文學。

侯忠義編（1985）。《中國文言小說參考資料》。北京：北京大學。

中國戲曲研究院編（1959）。《中國古典戲曲論著集成》。北京：中國戲劇。

大連圖書館參考部編（1983）。《明清小說序跋選》。遼寧：春風文藝。

孫楷第（1982）。《中國通俗小說書目》。北京：人民文學。

孫楷第（1958）。《日本東京所見小說書目》。北京：人民文學。

樽本照雄（1997）。《清末民初小說目錄》。日本：清末小說研究會。

石昌渝主編（2004）。《中國古代小說總目》。山西：山西教育。

李劍國（1993）。《唐五代志怪傳奇敘錄》。天津：南開大學。

李劍國（1997）。《宋代志怪傳奇敘錄》。天津：南開大學。

朱一玄、劉毓忱編（1983）。《三國演義資料彙編》。百花文藝出版社。

馬蹄疾編（1980）。《水滸資料彙編》。北京：中華。

劉蔭柏編（1990）。《西遊記研究資料》。上海：上海古籍。

文獻

黃霖編（1987）。《金瓶梅資料彙編》。北京：中華。

李漢秋編（1984）。《儒林外史研究資料》。上海：上海古籍。

欒星編（1982）。《歧路燈研究資料》。河南：中州書畫。

一粟編（1963）。《紅樓夢卷》（古典文學研究資料彙編），北京：中華。

北京故宮博物院明清檔案部編（1975）。《關於江甯織造曹家檔案史料》。北京：中華。

一粟編（1963）。《紅樓夢書錄》。北京：中華。

魏紹昌編（1980）。《李伯元研究資料》。上海：上海古籍。

魏紹昌編（1982）。《孽海花資料》。上海：上海古籍。

蔣瑞藻編（1984）。《小說考證》。上海：上海古籍。

孔另境編（1982）。《中國小說史料》。上海：上海古籍。

1994 年。《傳奇匯考》。北京：書目文獻。

莊一拂（1982）。《古典戲曲存目匯考》。上海：上海古籍。

馮其庸、李希凡主編（2010）。《紅樓夢大辭典》（修訂本），北京：文化藝術。

王利器輯錄（1981）。《元明清三代禁毀小說戲曲史料》。上海：上海古籍。

譚正璧（1980）。《三言兩拍資料》。上海：上海古籍。

[宋]李昉等編（1961）。《太平廣記》。北京：中華。

[元]陶宗儀（1986）。《說郛》。北京：北京中國書店。

魯迅輯（1997）。《古小說鉤沉》。山東：齊魯。

李時人編校（2014）。《全唐五代小說》。北京：中華。

[元]陶宗儀（1988）。《說郛三種》。上海：上海古籍。

李劍國輯校（2001）。《宋代傳奇集》。北京：中華。

程毅中編（1995）。《古體小說鈔・宋元卷》。北京：中華。

喬光輝校注（2010）。《瞿佑全集校注》。浙江：浙江古籍。

[南宋]洪邁（1981）。《夷堅志》。北京：中華。

[明]臧懋循編（1989）。《元曲選》。北京：中華。

隋樹森編（1959）。《元曲選外編》。北京：中華。

北京圖書館出版社著（1998）。《日本藏元刊本古今雜劇三十種》。北京：北京圖書館。

李佑成、林熒澤編譯（1997）《李朝漢文短篇集》。韓國：一潮閣。

周欣平主編（2011）。《清末時新小說集》。上海：上海古籍。

吳組緗主編（1991）。《中國近代文學大系‧小說集》。上海：上海書店。

劉世德、陳慶浩、石昌渝主編（1991）。《古本小說叢刊》。北京：中華。

《古本小說集成》編輯委員會著（1994）。《古本小說集成》。上海：上海古籍。

陳慶浩、王秋桂主編（2000）。《思無邪匯寶》。臺北：大英百科。

魯迅（1975）。《中國小說史略》。北京：人民文學。

胡適（1988）。《胡適古典文學研究論集》。上海：上海古籍。

胡適（1988）。《胡適紅樓夢研究論述全編》。上海：上海古籍。

鄭振鐸（1984）。《鄭振鐸古典文學論文集》。上海：上海古籍。

魯迅（1979）。《魯迅論中國古典文學》。福建：福建人民。

孫楷第（2009）。《滄州集》。北京：中華。

孫楷第（2009）。《滄州後集》。北京：中華。

趙景深（1980）。《中國小說叢考》。山東：齊魯。

袁珂（1982）。《神話論文集》。上海：上海古籍。

譚正璧（1956）。《話本與古劇》。上海：上海古典文學。

戴望舒（1958）。《小說戲曲論集》。北京：作家。

聞一多（2009）。《神話與詩》。武漢：武漢大學。

胡士瑩（1980）。《話本小說概論》。北京：中華。

周紹良（1984）。《紹良叢稿》。山東：齊魯。

阿英（1985）。《小說閒談四種》。上海：上海古籍。

阿英（1980）。《晚清小說史》。北京：人民文學。

[清] 王國維（1944）。《宋元戲曲史》。上海：商務印書館。

吳曉鈴（2006）。《吳曉鈴集》。河北：河北教育。

周汝昌（1976）。《紅樓夢新證》。北京：人民文學。

戴不凡（1980）。《小說見聞錄》。浙江：浙江人民。

馬幼垣（1980），。《中國小說史集稿》。臺北：時報。

許政揚（1984）。《許政揚文存》。北京：中華。

葉德均（1979）。《戲曲小說叢考》。北京：中華。

文獻

馬幼垣（1992）。《水滸論衡》。新北：聯經出版。

周貽白（1986）。《周貽白小說戲曲論集》。山東：齊魯。

韓南著，尹慧瑉譯（1989）。《中國白話小說史》，浙江：浙江古籍。

王秋桂等譯（2008）。《韓南中國小說論集》。北京：北京大學。

李劍國（1984）。《唐前志怪小說史》。天津：南開大學。

李劍國、陳洪主編（2007）。《中國小說通史》。北京：高等教育。

李豐楙（1996）。《誤入與謫降》。臺北：學生書局。

徐志平（1988）。《清初前期話本小說之研究》。臺北：學生書局。

陳益源（1997）。《元明中篇傳奇小說研究》。香港：學峰文化。

黃仁宇（2001）。《十六世紀明代中國之財政與稅收》。香港：三聯。

吳晗（1956）。《讀史劄記》。香港：三聯。

鄧廣銘（2007）。《岳飛傳》。香港：三聯。

徐復嶺（1993）。《醒世姻緣傳作者和語言考論》。山東：齊魯。

周建渝（1988）。《才子佳人小說研究》。臺北：文史哲。

胡萬川（1994）。《話本與才子佳人小說之研究》。臺北：大安。

韋鳳娟（2014）。《靈光澈照》。河北：河北教育。

王瓊玲（2005）。《夏敬渠與野叟曝言考論》。臺北：學生書局。

路大荒（1980）。《蒲松齡年譜》。山東：齊魯。

陳美林（1984）。《吳敬梓研究》。上海：上海古籍。

時蔭（1982）。《曾樸研究》。上海：上海古籍。

陳大康（2014）。《中國近代小說編年史》。北京：人民文學。

梅節（2008）。《瓶梅閒筆硯》。北京：北京圖書館。

陳益源（2003）。《王翠翹故事研究》。北京：西苑。

張愛玲（2012）。《紅樓夢魘》。北京：北京十月文藝。

鄭明娳（2003）。《西遊記探源》。臺北：里仁書局。

磯部彰（1993）。《西遊記形成史研究》。日本：創文社。

王三慶（1981）。《紅樓夢版本研究》。臺北：石門圖書公司。

陳平原（1997）。《陳平原小說史論集》。河北：河北人民。

胡從經（1988）。《中國小說史學史長編》。上海：上海文藝。

林明德編（1988）。《晚清小說研究》。新北：聯經出版。

後記

　　寫完最後一節，長長吁了一口氣。終於到達了終點。

　　想要做這個課題很久了，但遲遲未能完成。並非不用功，提筆方知讀書少，若東拼西湊草率成篇，就有違當年的初心，故不能不潛入文獻浩瀚海洋，同時對小說發展進程中許多問題進行反覆思考，完成的日子就這樣延宕。這是我深感愧疚的。其間研究《清史》。花去了五年時間，當然，在研究〈典志·小說篇〉，對於撰寫小說史清代部分大有助益，但畢竟使小說史的寫作中斷。隨著時間推移，更加覺得重要的歷史應該被看見，這樣的信念使我不能不竭盡全力，完成了這部書。

　　且不論這部書品質如何，但我必須感謝許多學界友人對我的幫助，也令我難以忘懷。在日本訪學期間，磯部彰教授不辭辛苦和繁難，幫我聯繫並陪我到宮城縣圖書館、內閣文庫、尊經閣文庫、東京大學圖書館及東京大學東洋文化研究所圖書館等日本著名的各公私圖書館查閱文獻資料。在東京和京都的訪書，還得到大塚秀高教授和金文京教授的大力協助。在荷蘭萊頓大學訪學時，承蒙漢學院圖書館館長吳榮子女士特許，利用高羅佩特藏室，此時已在哈佛大學執教的原漢學院院長伊維德（Wilt L.Idema）教授從美國回來，在高羅佩特藏室與我討論小說版本與《水滸傳》成書年代問題，使我受益良多。

後記

　　書稿中引用前輩和時賢的研究成果頗多，有的已加注標明，也有未盡注明者，他們的成果都是我今天賴以向上攀登的基石，在此，謹向他們表示崇高的敬意。

電子書購買

國家圖書館出版品預行編目資料

小說的孕育：從《搜神記》到《史記》，從秦
漢志怪的興起到西漢史傳的輝煌 / 石昌渝著 .
-- 第一版 . -- 臺北市：崧燁文化事業有限公司，
2022.05
　　面；　公分
POD 版
ISBN 978-626-332-319-3(平裝)
1.CST: 中國小說 2.CST: 中國文學史 3.CST: 秦
漢 4.CST: 魏晉南北朝
820.97　　111005219

小說的孕育：從《搜神記》到《史記》，從秦漢志怪的興起到西漢史傳的輝煌

臉書

作　　　者：石昌渝

封面設計：康學恩

發 行 人：黃振庭

出 版 者：崧燁文化事業有限公司

發 行 者：崧燁文化事業有限公司

E - m a i l：sonbookservice@gmail.com

粉 絲 頁：https://www.facebook.com/sonbookss/

網　　　址：https://sonbook.net/

地　　　址：台北市中正區重慶南路一段六十一號八樓 815 室

Rm. 815, 8F., No.61, Sec. 1, Chongqing S. Rd., Zhongzheng Dist., Taipei City 100, Taiwan

電　　　話：(02) 2370-3310　　　傳　　　真：(02) 2388-1990

印　　　刷：京峯彩色印刷有限公司（京峰數位）

律師顧問：廣華律師事務所 張珮琦律師

定　　　價：350 元

發行日期：2022 年 05 月第一版

◎本書以 POD 印製

獨家贈品

親愛的讀者歡迎您選購到您喜愛的書,為了感謝您,我們提供了一份禮品,爽讀 app 的電子書無償使用三個月,近萬本書免費提供您享受閱讀的樂趣。

| ios 系統 | 安卓系統 | 讀者贈品 |

請先依照自己的手機型號掃描安裝 APP 註冊,再掃描「讀者贈品」,複製優惠碼至 APP 內兌換

優惠碼(兌換期限 2025/12/30)
READERKUTRA86NWK

爽讀 APP

📘 多元書種、萬卷書籍,電子書飽讀服務引領閱讀新浪潮!

🎧 AI 語音助您閱讀,萬本好書任您挑選

🔍 領取限時優惠碼,三個月沉浸在書海中

🔔 固定月費無限暢讀,輕鬆打造專屬閱讀時光

不用留下個人資料,只需行動電話認證,不會有任何騷擾或詐騙電話。